家住黄河滩

——黄河滩区脱贫迁建全景实录

朵拉图 逢春阶 著

作家出版社

青岛出版社
QINGDAO PUBLISHING HOUSE

图书在版编目（CIP）数据

家住黄河滩 / 朵拉图，逢春阶著 .—北京：作家出版社，2020.9
ISBN 978-7-5212-1110-8

Ⅰ.①家…　Ⅱ.①朵…②逢　Ⅲ.①纪实文学—中国—当代
Ⅳ.① I25

中国版本图书馆 CIP 数据核字（2020）第 166519 号

家住黄河滩

责任编辑：史佳丽　张性阳
装帧设计：周思陶
出版发行：作家出版社有限公司　青岛出版社
社　　址：北京农展馆南里 10 号　　邮　　编：100125
电话传真：86-10-65067186（发行中心及邮购部）
　　　　　86-10-65004079（总编室）
E-mail:zuojia @ zuojia.net.cn
http://www.zuojiachubanshe.com
印　　刷：天津中印联印务有限公司
成品尺寸：170×240
字　　数：170 千
印　　张：13.5
版　　次：2020 年 9 月第 1 版
印　　次：2020 年 9 月第 1 次印刷
ISBN　978-7-5212-1110-8
定　　价：42.00 元

黄河水滋养的诗人塞风，有一首诗叫《我熟悉这条河》，他写道："龙的图腾造型／在地球的东部游动起落／所繁衍的伟岸民族／独具金子的光泽。"

——题记

书写新时代的"黄河大合唱"

——评朵拉图、逄春阶长篇报告文学《家住黄河滩》

李朝全

2020 年是脱贫攻坚、全面小康收官之年。关于全面小康和脱贫攻坚主题的文学创作已经蔚然成风，涌现出了一批有个性、有特色、有温度的作品。朵拉图和逄春阶最近推出的长篇报告文学《家住黄河滩——黄河滩区脱贫迁建全景实录》就是其中一部。这部作品通过反映山东境内居住在黄河滩区内的老百姓的生存状况，描写他们在 2014 年后易地迁建前后生活发生的巨大变迁，表现了新时代脱贫攻坚、全面小康战略带给滩区 60 多万百姓的切身福祉，极大地增强了群众的获得感、幸福感和安全感，努力谱写新时代这一曲雷霆万钧、气势雄浑的"黄河大合唱"。

作者在反映黄河滩区居民的搬迁安置易地迁建这一重大事件时采用了鲜明的对比手法。在迁建之前，滩区百姓面临着生存和生活的双重困境，主要是黄河洪水泛滥所造成的破坏性乃至毁灭性影响。黄河是中华民族的母亲河，浇灌了 5000 多年光辉璀璨的中华文明。黄河流域是中华文化中华文明的集大成和繁荣昌盛之地。但是对于生活在黄河泛滥区内，特别是居住在滩区内的百姓，黄河则犹如一道悬河，就像一把悬在头顶的达摩克利斯之剑，她既能造福百姓，亦能毁坏百姓拥有的幸福生活，尤其是当洪水袭来、黄河决堤之时首当其冲先受其害的便是滩区内的百姓。作者通过深入的采访，借助滩区群众对亲身经历的疼痛回忆，凸显了黄河洪水曾给成千上万的人民群众正常生活带来的严重破坏和影响。天下黄河九十九道弯，当洪水肆虐之时，"几家飘落在街头"，多少人家家毁人亡妻离子散。黄河变成了一种威胁和危险。生活在滩区内的百姓，经常是提心吊胆、忐忑不安地期待着收成，而又经常是在收成到来之际，却遭到了洪水无情的洗劫。因此，黄河滩区虽然是一片肥沃之地，因为黄河泥沙的冲刷造就了沃土万顷，但是对滩区百姓而言，其安全感、幸福感都是大打折扣的，许多人都面临着出行难、上学难、就医难、娶亲难和安居难等问题。党和政府从2014年起实施的黄河滩区易地迁建工程，正是为了从根本上解决这一问题。作者描写了部分已从滩区搬迁出来重建家园的百姓的幸福生活，尤其是反映他们强烈的获得感、安全感和幸福感，凸显了这项国家工程是以民为本、利国利民的百年之计，是一道民生工程、民心工程，是为了呼应和满足新时代人民群众对美好生活的向往而组织实施的国家行动。

　　作者采写了一些生动形象的实例，特别是滩区百姓以他们的现身说法、亲身经历和生活变迁来印证迁建脱贫决策的正确与科学，证实这是一项顺民意、得民心、谋民富的重大决策。譬如，媒婆蔡月萍在迁建之前，从小就留下了被洪水淹袭的惊恐记忆，成人后，为了逃离黄河滩区而宁愿远嫁天寒地冻的黑龙江。丈夫死后回娘家不受待见，她又不得不携儿带女改嫁。然而又遭遇黄河发水庄稼颗粒无收，生活极其艰难。后来她好不容易找到了一个"生财之道"，通过从各家各户尤其是那些刚刚生育孩子的产妇家里收集鸡蛋，再拿到集市上去贩卖。但是，鸡蛋的利润微乎其微。随后，她又发现了一桩"好生意"——为人牵线做媒，赚取媒人介绍费。由于滩区的生存生活缺乏安全保障，因此滩区的姑娘大都不愿嫁给本地人，滩区的小伙子很难娶到媳妇，这就为红娘创造了巨大的商机。蔡月萍看中了这一点，一面为滩区姑娘嫁出去牵线，同时想方设法促成滩区小伙子能够娶到媳妇。但是在牵线做媒过程中，她也强烈地感受到滩区小伙子要娶媳妇是多么的困难。连她自己的儿子为了能娶上媳妇，都要逃离到外地去打工做生意并在那里娶妻成家。易地迁建后，儿子带着妻儿回来了。媒婆自身的生活也发生了变革，住上了楼房，生活无忧。这时她发现，为原先滩区的小伙子牵线做媒变得容易简单得多，她的生意兴隆，牵线成功率大增。这个媒婆的经历是一个迁建利民的生动例子。而滩区小伙子娶媳妇难的问题通过迁建得以解决，也表现了群众在搬迁安置后实实在在的获得感和幸福感。

作品为了表现易地迁建是一件惠民工程，特别注重描写群众对这项工程的认知和接纳过程。开始时，许多百姓对这项工程都不理解不认同不支持，甚至是抵制和抗拒的。通过乡镇和村干部等的动员说服做过细的思想工作，许多群众打消了疑虑，搬迁了出来，结果他们以自己的亲身经历证明了迁建脱贫是一项明智之举。他们住上了宽敞明亮卫生洁净的楼房，生活环境得到极大的改善，尤其是安全感得到了切实的保障，从此，生活可以高枕无忧，每隔数年十几年就有可能遭遇的黄河大泛滥洪水肆虐所造成的惊恐记忆已然一去不复返，如今的他们完全做到了安居。同时，党和政府也积极为他们寻找和创造新的脱贫致富门路，使之既能安居又能乐业、乐享新生活。作品通过众多百姓迁建移居前后不同的心理感受、生活体验的鲜明对比，表现了这项决策的及时性、正确性，也凸显了党的初心，党和政府一心为人民谋利益谋幸福的主旨。

这部作品鲜明地塑造了一批负责迁建工作的基层干部的形象。这批干部忍辱负重，兢兢业业，勤政为民。面对群众的不理解不支持，他们深入细致地去做思想工作，许多人都付出了艰辛的努力甚至是巨大的代价。比如许琳琳这位年轻的干部，冒着生命危险怀孕生下的女儿才刚两岁，却都无暇顾及，无时间陪伴和照料，全身心地投入迁建工程。在遭受群众普遍的不信任不支持甚至是辱骂指责时，她没有气馁，而是挨家挨户地去解疑释惑、解忧释困，开动脑筋把群众分成青年、中年、老年几类，深入分析其各自的关切点，针对不同类型的群众采用不同的说服技巧，一一做细致的思想工作。苦心人天不负，通过她长时间不厌其烦的耐心的解释动员，群众终于解开了心结，理解了政府的良好用意，转变了观念，开始支持迁建。这一结果也证明，这些干部确实是代表人民利益的人民的好干部。

黄河滩区的迁建工程从 2014 年开始实施，分步执行。作者运用翔实的数据和资料说明了国家和政府对迁建工程投入的大量物力财力，其目的皆在于改善民生、提高群众的生活质量。这项工程艰巨浩大，涉及山东省 9 个市 26 个县区 782 个村 60 万群众的安居梦、幸福梦和生活幸福指数，这是一桩功在当代利在千秋的伟业，是全面小康事业的一个重要组成部分，也是中国梦的一部分。作品对这一主题的书写无疑是新时代所召唤所急需的。一个有社会担当意识、有使命感和责任感的作家，理应面对时代发言，观察记录书写和思考时代生活，为时代立言留下珍贵的历史影像。朵拉图和逢春阶二位正是这样做的。他们的采访深入细致，大量涉足第一现场，捕捉生活中那些动人的人和事，再用朴实而又真实可信的文字将它们记录下来，从而为滩区百姓的历史变迁留下了一幅文学的记录和档案。这项工作是可贵的，也是有价值和有意义的。

当然，这部作品也有一些明显的不足，但是从总体上说，《家住黄河滩》是一部记录时代、讴歌时代的主题鲜明、题材独特的作品，是一份真实可信的文学影像。

目　录

序 曲

"大水走泥，厚云积岸"。滔滔不息的黄河，在中华大地上留下一道弯弯的深痕，这道深痕默默地搬运着高原上的黄土、裹挟着两岸百姓的奢望、失望、绝望，但更多的是希望。一年又一年，撕扯着、撕裂着、纠缠着的是安全感、幸福感、获得感。她不舍昼夜地奔流，哺育、塑造和影响了一个伟大民族。

新时代，有一群人也要在黄河滩区留下一道深痕——脱贫迁建、安澜安居。从根儿上彻底消除洪水对滩区百姓生命财产的威胁，改善其生存条件和发展环境，保障搬迁群众"搬得出、留得住、有事做、能致富"。这道斧削一般的深痕，是光荣的印记，是尊严的象征，如千年大树的年轮一般，也将在中华民族伟大复兴征程上成为一个显著标志。

新中国成立以来，党和政府高度重视黄河问题。1952年10月，毛泽东同志来到黄河岸边，发出"要把黄河的事情办好"的伟大号召。

一代代共产党人关心滩区群众安危，为此付出的汗水、泪水，甚至是生命，不可胜计。

但由于历史欠账太多，部分滩区群众"灌溉难，吃水难，用电难，出行难，上学难，就医难，娶亲难"等等问题还没有彻底解决，关键的关键是安居难。一砖一瓦费思量，何时一觉到天明？

千百年，安居梦难圆，醒来泪潸然。"三年攒钱、三年筑台、三年盖房、三年还账"恶性循环的"魔咒"还没全部解开。

面对恶劣的环境，有抵抗与反抵抗的焦灼，有征服与被征服的刺激，有围堵与反围堵的悲壮。更多的是漫漫长夜里的等待和腮边的泪水。

黄河滩区人们的命运一代一代一直悬在河上，滔滔不绝的黄河水，日夜在诉说。

让贫困人口和贫困地区同全国一道进入全面小康社会是我们党的庄严承诺。

新时代黄河滩区脱贫迁建是以习近平同志为核心的党中央交给山东的一项重大政治任务，是一项惠在当前利在长远的重大民生工程、德政工程，不仅承载着中央对山东的重托，更承载着 60 万滩区百姓长久以来的"安居梦""致富梦"，对全省打赢脱贫攻坚战、全面建成小康社会具有重大战略意义。

党和国家领导人心系滩区群众，多次实地考察，向地方干部询问黄河防汛情况，了解黄河滩区群众生产生活状况并与那里的主要负责同志座谈，对推进黄河滩区居民迁建工作做出全面部署，共同探讨扶贫开发和加快发展的良策。

2017 年 4 月，从审计署审计长调任山东省委书记的刘家义，履新第一次调研就来到临沂、枣庄、菏泽，在黄河滩区，先后到郓城县随西村和鄄城县西曹村扶贫车间，了解滩区群众的生活。2017 年 5 月 6 日，刘家义又到菏泽市东明县调研黄河滩区脱贫迁建工作，主持召开黄河滩区脱贫迁建工作座谈会。此后，他又多次到滩区考察调研，慰问滩区群众。

盯紧"黄河滩"、聚焦"沂蒙山"、锁定"老病残"。山东针对深度贫困地区发力，集中力量攻坚克难。

盯紧黄河滩，就是盯紧黄河滩区内 782 个村的 60 万人，确保 2020 年实现安居梦、致富梦。

从 2017 年年底开始，我们在黄河滩区的各个战场采访，一幕幕感人的场面，一则则动人的事迹，一组组惊人的数字，一排排奋战的人群，如不息的黄河水，滚滚而来，汇流成一轴精彩的画卷。我们期待着"滩区脱贫迁建"这轴长卷，更加精彩地舒展在齐鲁大地上。

我们目睹了这样的画面：就要搬迁了，就要永远地离开了，再看一眼那弯曲的沙土小路，再看一眼路旁那落满尘土的杨树，再看一眼已经略显破败的提水站，再看一看默默地、默默地流淌着的黄河。抓一把沙土放在口袋里，放在自己崭新楼房里的阳台的花盆里。家养的小黑狗，挣扎着不肯上车，狂吠着，朝着河的方向，眼里也有了晶莹。

我们听到这样的故事：有位戒酒多年的老农，在月光下，喝了半斤老白干，不顾家人劝阻，跟跄着，一步一步朝前走，提着酒瓶，走到了黄河边，把酒洒到黄河里。这是告别酒，这也是邀请酒；这是祝福酒，这也是庆功酒。心情一激动，酒量不固定。来呀，感情深，一口闷；感情厚，喝不够……

村里几个白发苍苍的老太太跟我们絮叨：离别的前夜，顶着夜色，将白天蒸好的馒头，做好的菜，买好的烧纸和香，让孩子们带着，到黄河岸边点起来，祭奠，一起磕头。感谢河神保佑！感谢党！感谢人民政府！老太太的目光里写满了虔诚。

搬了新居，老两口睡不着，老头子翻来覆去，辗转于床。老婆子埋怨，你这是咋了？老头一个人躲在阳台上，清晨起来，老太太看到一地的烟头。老头呢？等了半天才回来。他说，又回到老家去转了一圈。而老太太，其实也一夜未眠，眼角始终是湿润的，她想得更多，除了往昔的一大堆柴米油盐，还有家长里短，但想着想着，就想到河边去了。隔壁的两口呢，也没睡着，掌柜的跟媳妇说的是在黄河边打鱼的故事，而媳妇跟掌柜的回忆的是嫁过来第一天失望的故事，你一句，我一句，长一句，短一句，恍惚梦中，二人感觉比往日更亲昵。

我们感慨，黄河滩区脱贫迁建流淌着一种精神，这种精神感天动地，这种精神流淌于远古，昭示着未来：目标定了不能等，难点来了不能绕，痛点和堵点来了，豁出去！倒排工期，挂图作战。使命我们担，右肩累了换左肩。

　　因了黄河滩区脱贫迁建，大家所做的一切，都有了审美价值。世界原来如此美好，人生原来如此瑰丽，我们所做的一切，原来如此美好。

　　由于视野和能力所限，我们的采写难免挂一漏万。但我们是真诚的，时时被感动着。我们一边写，一边心在颤抖……

第一章　水患：湿漉漉的记忆

历史，往往在经过时间沉淀后可以看得更加清晰。

如一匹火焰般的奔马，黄河自古以来以"善淤、善决、善徙"闻名于世，2500 多年间下游决口达 1590 多次，改道 26 次。

1855 年，德国学者魏尔肖（R·Virchow）提出"一切细胞来自细胞"的论断，开启了细胞病理学时代。乙卯年，是摇摇欲坠的大清帝国咸丰五年，这年 7 月，600 多年夺淮入海的黄河突然在兰考铜瓦厢决口改道，由东南向东北急转至山东入海。从此，原由豫皖苏鲁四省共同承担的黄河下游水患几乎全都落到了山东头上。

伴着滔滔河水，每个分裂出的新细胞，都带着忧伤的眼神。

十年九涝，下游百姓仰头乌云当空，低头涕泪涟涟，见云而忧，见雨而愁，进而成仇。而久旱无雨，更忧，更愁，愁的是颗粒无收，赤地千里，万户绝烟。

《黄河东流去》是著名作家李準根据黄泛区难民的家史改写而成的，全面反映了黄河花园口被掘开，滩区百姓遭受的巨大灾难。其中有一个细节，让人难忘，流浪到陕西的村民杨杏见了久别的李麦，叹息着对李麦说："嫂子，实不瞒你说，这么多年，俺这个破窑洞里，就没有听见过笑声，人都快把笑忘了。这次你来了，孩子们才有了笑脸！"她说着，眼角里渗出了泪水。李麦没有吭声，她在思索着，回忆着孩子们那一张张惨淡的笑脸……"人来到世上，本应该有笑的权利，当婴儿在妈妈的怀抱里，第一次张开嘴向妈妈微笑的时候，这是对妈妈最大的慰藉，也是他们作为万灵之长的感情的飞跃，其他动物是不会笑的。人正因为会笑，才培育了丰富的智慧。世界上是不能没有笑声的。没有笑声的社会，是一个接近死亡的社会，历史证明了这一点。"

一个党一个政府一个国家，如果不把人民的幸福当成自己的目标，迟早会被人民唾弃，也终将会被黄河的涛声席卷而去。

有赋曰："国衰河易泛，河泛则民殃；国兴河益畅，河畅则民康。"

"大伙儿再晚来几分钟，可能我就被抽进洞里去了。"

古老的黄河，在中国共产党领导下的新中国获得了新生。

我们查阅了1949年的中共山东省委机关报《大众日报》，发黄的报纸上字迹已经模糊，但内容清晰。我们发现9月份报道筑堤、防洪的报道特别多，时间过去了70年，当年的惊险、紧张场面依然历历在目。

如1949年9月12日的消息《严防洪水倒扬！四总队加紧修补大堤，北店子一代险工抽石方换上秸料》《历城惠济紧急动员起来，二万余人昼夜护堤，垦利洮北部队源源开赴防黄》，报纸还刊登了黄河坝上设立临时邮局的消息，办理快信、平信及轻便的小包邮寄。

又如1949年9月22日、23日连续两天刊登《河堤上的日日夜夜》专版稿件，在《河堤上的紧张战斗》一稿中，我们看到山东省民政厅谢辉厅长、实业厅艾楚南厅长、济南市姚仲明市长等首长日夜驻守河堤，省政府郭子化副主席虽政务繁忙，但经常来大堤上检查。后方的工厂、机关的人员，他们不但一人担负了两人的工作，还停止吃中饭，（早晚餐）改吃粗粮，节省粮食菜金改善河防战线上同志们的生活。工人、工商界、学生、市民……全体后方人员均以全力支援河防的战斗，麻袋、秫秸、石头……凡河防所需之料物，均尽先供应，从市内伸向河堤的公路上，大卡车尾巴接着头，一长列一长列，不分白天黑夜，源源开来。司机同志们有的数夜不睡，熬红了眼，在颠簸不平的道上来回驰骋。

"坚持不懈，战胜洪水，确保河防！这是战争的号召。

"自姬家庄至长清县五区宋家桥，这七十一华里的河防线上，已经过伏汛期间三次大汛的考验。自九月十二日开始，又面临更严重的考验。

"这一条河防战线上，共有埽坝二六八段（内二十三段埽坝基），十处险工中各有最危险或较危险的埽坝。自十二日以后，各处埽坝在黄水的猛击下，不断发生坍塌及裂缝掉塘等险象。

"共产党和人民政府为了坚决束缚住黄水之泛滥，在紧急情况下，首先动员了驻济的省市各机关、部队及公立学校的人员，组织成一支坚强的一万七千余人的战斗力量，十五日奔赴了河防的战线。在指挥部的统一领导下，编成了四个总队，以战斗的姿态，与洪水展开顽强的搏斗……"

2019年6月27日下午，在黄河岸边的槐树林里，济南河务局组织了一场"我心中的黄河"诗文朗诵会。泉城的一群文朋诗友与黄河一起聆听着铿锵有力的诗句，其中济阳河务局的栾金灏朗诵的《来过，便不想离去》，讲到了70年前的抢险故事：

1949年9月16日，在距离开国大典只有短短15天的一个深夜，济阳沟杨险工17号坝突然出现碗口粗的漏洞，不断冒出的浑水像是要在顷刻间将大堤拦腰撕破，千里大堤顿时险象环生，济阳黄河基层职工——戴令德，纵身跳入浊浪翻卷的河水，用身躯紧紧堵住汹涌湍急的旋涡。

济南河务局的朱兴国补充说，1949年9月14日，郑州花园口站出现12300立方米每秒洪峰，千里大堤，险象环生。众所周知，由于1938年国民党军掘开郑州花园口大堤，"以水代兵"阻止侵华日军西进，使黄河人为改道夺淮入海，致使黄河故道长期不过流，沿黄百姓在堤上堤下肆意开荒耕种，堤防残破不堪。人民治黄之后，虽经3年多的复堤加固，但堤身仍然很单薄，并未经受过洪水的冲刷和考验。此次大洪水的到来，羸弱的千里堤线，暗藏着重重隐患，处处皆险情。在黄河左岸的济阳黄河堤段，前赴后继的黄河水正滔滔不绝反复冲刷着并不坚固的新修堤防。9月16日深夜，风雨交加，道路泥泞，漆黑的黄河大堤上，明明灭灭闪烁着数点微光，这些光亮是正在提着马灯巡堤查水的防汛值班人员。在济阳沟杨险工段的大堤上，19岁的山东济阳黄河工程队队员戴令德，上半夜当值，正在冒雨巡查堤防。

当夜凌晨1时许，终于到了该换班的时间，上半夜巡查堤防没有发现险情，戴令德如释重负，轻轻舒了一口气。徒步巡查了大半夜的戴令德，有些疲惫地沿着杨险工大堤往舒家村临时住处走去，他准备叫醒正在休息的对班刘玉俊起来换班。马上要交接班了，可以回去美美睡一觉了。

当他走到舒家村口的平工段时，忽然听到有哗哗的流水声，戴令德感觉这水流声舒缓清脆，与平时河水波涛汹涌的流动声大不一样，立即警觉起来。他侧耳细听，辨别水流声音的方向，像是从背河发出的声响，他立刻循声跑到背河去查看，结果发现背河堤身有一个洞眼，正在汩汩地冒水，已经开始淌浑水了，哗哗的流水声正是来自这里，他的第一反应就是大堤出了漏洞。

戴令德清楚地知道漏洞对黄河堤防安全意味着什么，他一边大喊"出漏洞了，快来人啊"，一边反身跑到临河去查找漏洞。雨中的大堤上天黑路滑，一不小心就会滑入河中被滚滚的洪流吞没。他弓着腰一手高举马灯，一手撑着地，俯身瞪大双眼紧盯水面，像一只搜寻猎物的猎豹，沿着河岸不停地往前寻找。大约向前探查了十来米，终于发现一处河水打着旋涡往下抽，这就是那个洞口！戴令德被这个突如其来的险情惊呆了。将马灯放在堤顶上，以便赶来抢险的人们好寻找目标，就毫不犹豫地纵身跳入湍急的波涛之中，他两手在水中不停地摸找洞口的确切位置，嘴里仍然大呼"快来抢险"。漏洞很快就摸到了，洞口大约距水面30来厘米，洞口已有暖水瓶那么粗，眼看着旋涡在不断冲刷洞口，当时戴令德手边除了马灯什么家什也没带。咋办呢？焦急的戴令德想到了身上披的油布，迅速解下来团成一团塞进洞口，刚放进洞口，刷的一下给抽进洞里。戴令德有点着慌了，他又快速脱下身上的新夹袄、夹裤，团了团又塞进洞里，刷的一下又抽进了洞里。

此时，戴令德身上只剩一个裤衩，初秋深夜的寒意，让赤身裸体泡在河水里的他起了一身鸡皮疙瘩，眼看着洞口在逐渐扩大，他的呼喊有些沙哑了，但仍然没有人来，无计可施的他有种叫天天不应，叫地地不灵的绝望。情急之下，戴令德不顾一切地扑向洞口，一屁股坐在了洞口上，他感觉整个身体被漏洞往里吸，他两臂使劲架住身子，双手扒住洞口两侧，汹涌的洪水淹没了他整个身体，只能把脑袋露出水面呼吸。豁上了，反正不能再让洞口扩大。戴令德打定主意，心里反倒不慌张了，浑身也充满了力量。此时他眼里的浪涛像起伏的山峦一般，一排排向他头顶涌来，随时会把他吞没。一个小浪头打来就能没了头顶，他紧闭两眼，屏住呼吸，浪涛过后再露出脑袋喘一口气。戴令德意识到，一旦自己泄劲儿，肯定会被吸进洞口，没命事小，溃堤险情所带来的灾难可是无法估量的。戴令德两只胳膊架在洞口一动也不敢动，感觉时间像停滞了一样，漫长得让他似乎忘记了自己身处险境，仍然抻着劲儿不停地喊人。

大约坚持了七八分钟，终于，他的对班刘玉俊和工程员王庆吉听到了戴令德沙哑的喊声，他们一边喊人来抢险，一边往出事地点跑。听到喊声的人们带着工具、料物迅速赶了过来，把戴令德从不断扩大的洞口中拽出来，开始对漏洞进行紧急抢堵。大伙首先用一个麦秸包抛入河中把洞口堵上，然后，抢修围堰。这时赶来抢险的人越来越多，大约有三四百人，一部分人在临河抢险，在洞口周围快速修驻了月堤，切断漏洞的水源；一部分人赶到背河去抢险，在出水口处做起了反滤围井，防止漏洞的水流将堤身泥沙冲刷出来。就这样，经过几百人3个多钟头的奋力抢护，终于控制住了险情。

朱兴国多次采访过戴令德，戴令德说得最多的一句话是："我命大，倘乎（若）大伙儿再晚来几分钟，可能我就被抽进洞里去了，呵呵！同志们把我从河里拽上来的时候，冻得我浑身直打哆嗦，上下牙都咬不到一块，腿哆嗦得像抽筋儿一样都站不稳了。"

山东省黄河防汛总指挥部授予戴令德"特等功臣"光荣称号，这也是人民治黄事业迄今为止黄河河务部门授予的唯一一位特等功臣。

阳光下，面对滔滔黄河，新时代的青年黄河人满怀深情地朗诵着，有历史、有现实、有个人事迹，也有群体壮举……

在黄河两岸，有不少名字叫"水"的孩子

2019年5月5日傍晚时分，我们来到了黄河入鲁第一村——东明县焦园乡辛庄村。"犬吠听两省，鸡鸣闻三县。"这句话说的就是这里。

在黄河滩的大坝上，有很多处用石头简易堆砌而成的较为规整的大方台，这是抢险用的"备防石"，一旦出现险情，这些石头很快能派上用场，平时就静静地码放在这里。

黄河上空傍晚的云霞瓦片似的如犁过的丰腴土地，落日的余晖，铺在河面上，如锻造的一块闪光的炙热条型钢。我们感叹，这里该立一块"黄河入鲁第一村"的牌子，可以开发旅游项目，吸引游客来欣赏黄河入鲁的景观，若游客们想看到黄河落日的美景，愿意在这里住下来，人气有了，何愁财气？

70岁的陈思温是村里的民调主任，他说："外人看着新鲜，而俺却觉得一点也不美，一天也不愿意在这里待。实在是待够了！待烦了！待腻了，更待怕了！"他直到今天，还经常做着黄河发大水的噩梦，惊醒了就是满头大汗。"老一辈人说，住在滩区，就是被淹的命！被泡的命！喝黄汤的命！你不认命，又

咋整，又咋治？他们没赶上好时候啊！"

1958年发大水，陈思温9岁，一睁眼，白晃晃的一片，3米高的房子塌了，麦秸垛眼看着就漂起来，麦秸垛上还站着爬上去的狗和飞上去的公鸡。"有些年纪大的老人不想走，有的抱着天井里的老榆树和梧桐树，有的抱着屋里的床腿，嗷嗷叫，叫声都瘆得慌。村干部没办法，就抡着棍子哭着撵。村里200多口人，连拉带拽、又劝又哄的，总算是逃出来了，村里没有一个人淹死。要搁在旧社会，那可就惨了。"

陈思温说，房子老被冲走，滩区人逼出了个法子，就是盖房子时，四梁八柱弄结实，然后用秫秸糊泥巴当墙，洪水一来，把秫秸泥巴墙拆掉，让水过去，四梁八柱还留着，等水走了再挡上秫秸墙。"说白了，就是看着黄河的脸色过，混了一天又一天。"

东明县外宣办的王恩标主任回忆，2003年国庆节放假，他回家帮着父母摘棉花，突然接到抗洪命令，他是坐着冲锋舟进的焦园乡政府，来到大堤上，河水漫过高粱地，连高粱穗都看不到了，杨树只看到树梢，一个大浪打过来就"哗啦"塌一片台子，滩区里一望无际都是水。山东舟桥部队官兵都开过来了，可以想象当时形势之严峻。

"我今年72岁，盖了12次房子。每盖一次房子要忙活好几年。"在东明县长兴集乡李烁堂村，李留芹老人颤巍巍地用手对我们比画着说。在老一辈人记忆中，以前建房子，推土垫台子是"大工程"。20世纪50年代，用木轮小推车推土；六七十年代，用胶轮车推土；80年代，用地排车推土；90年代，用拖拉机拉土。

黄河像一根粗绳子拴着人，人像一根粗绳子拴着土，土像一根粗绳子，却常常拴不住黄河。

2018年的暮春时节，我们来到黄河西岸的东阿县鱼山镇北城村，采访了72岁的殷敬考老人，老人祖辈都住在黄河滩里，父亲一开始在黄河里撑船，船翻了，惹了官司，逃到东北，给人赶马车，赚了钱回来盖房子，房子盖得好好的，两年就冲垮了，再盖。愁眉苦脸的母亲去世时，他8岁；父亲去世时，他14岁。后来国家救济，又是盖房子。直到彻底搬迁。老人说着说着，就抹起了眼泪。

老人说："俺对黄河啊，是又爱又恨。最恨的是冲俺房子。但是，黄河水甜，好吃，俺别的水吃不惯，就爱吃黄河水。看着发浑，你舀在水瓢里，澄一澄就清了。你磕破皮了，磕着胳膊，划破手了，用黄河水洗一洗就不发炎，河边中草药多啊，黄河能治病呢。"

我们脑海里闪回着这样的黑白画面：母亲到黄河岸边撮起如面一般的细沙，在锅里翻炒，摊在火炕上，成为婴儿的温暖摇篮。那沙土，杀菌，消灾，黄河边上的孩子，是黄河水泡大的，黄河沙烙大的，是黄河风吹大的，是黄河浪拍大的，他们的心跳和呼吸合着黄河流速的节拍。

住在黄河西岸的东平县耿山口村70多岁的吴秀菊，就是一位慈祥的黄河母亲，她说："俺是叫媒人骗了来的，俺娘家在河南，也是黄河滩区，嫁过来之前，媒人跟俺说，'这家人有钱，别看房顶是稻草盖的，钱都在银行存着呢'。俺就信了媒人的话，哎呀俺那娘哎，咋说呢，有一次，洪水冲进了屋子，涨到胸口这个位置。我抱着铺盖卷不撒手，眼看着黄河水把泥沙和水蛇一齐冲进屋内。要不是村干部赶过来拉走了我，我大概就被冲到黄河口了。"

在黄河口，当冰凌洪水撕裂大堤扑向黑暗中的田野村庄时，在决口处以北不远的大堤上，垦利县张家村的一个村妇产下一个男婴，村民将她团团围住，阻挡着寒风，用冰冷的双手迎接着这个后来起名叫"水"的孩子。

我们在采访中发现，在黄河两岸，有不少名字叫"水"的孩子：大水、小水、水生、水波、水纹、水草、水清……而有的人，上了学，将"水"改成了祥瑞的"瑞"（方言发音即"水"字），有祈求祥瑞之意。

黄河岸边的老农民，额头上那深深的皱纹里，积蓄的是苦难、等待、喜悦，那皱纹里都能挤出尘沙……腮边的泪，擦了又擦，日复一日，年复一年。爱黄河，恨黄河，怕黄河，爱恨交加。

眼角浑浊的泪滴，让人想到黄河水的混浊；胸中翻腾着的苦涩，让人想到黄河翻腾的巨浪。彻夜难眠的黄河的子孙啊！

早就想搬离黄河滩，想了 50 多年没搬成

2019 年 7 月 17 日上午，我们在黄河岸边的惠民县，采访了大年陈镇刘家圈村 64 岁的刘秀荣，她在自己刚刚搬过来一个多月的新房里，像拉家常一样慢声细语地和我们说着与黄河有关的故事。

刘家圈村的外面就是黄河大坝，大坝的外面就是日夜奔流不息的黄河水。在黄河大坝和村之间还有一圈小坝，村民们都习惯把坝说成堰，这一圈小堰就是刘家圈村对黄河的防线。

刘秀荣说："俺一出生就没有遇着好事，好事都是从俺门前溜达着过，就是不在俺门前停，想不到老了遇上搬迁这么大的好事。如果没有搬迁这件大好事，俺一辈子都没有遇上好事。说起发大水，俺三天三夜也说不完。"

她说，小时候饿得哭，姐弟 6 人，她是老大，有两个妹妹三个弟弟，家里穷，农村重男轻女，她该上学了，不能上学，得让弟弟们上。小时候的记忆里发了好几次大水，有一次发大水，房子都冲没了，他们一家跑到别的村住，大水落下后，搬回村里，好多人家的房子都冲没有了，好几家人都挤着住在牛棚子里，牛棚里臭气熏天，牛粪厚厚的，铺满了地，黏糊糊的，成堆的干牛粪堆在墙角。她和母亲费力地打扫出一块黏糊糊的空地，他们一家就住在这块空地上，周围是干牛粪堆成的墙。

粮食是生产队供应，供应的玉米面因为天气湿热而霉变了，吃起来味道是苦的，就是这样苦味的玉米面也不够吃的，要和榆树叶掺和在一起做成饼子蒸

着吃，全家人都吃这样的玉米饼子。小弟才四五岁，咽不下粗粮，饿得直哭，长得又矮又瘦。家里有点钱就会给他买包饼干，当然不能管饱，也就是每天吃个一两块解解馋，主食还是得吃掺了榆树叶的玉米面饼子。

家里越穷越遇到难事，母亲的子宫长肿瘤，住院做了手术，术后的母亲吃不上营养品，身体极度虚弱，躺在病床上想着家里的一大堆事情犯愁，最放心不下的是小儿子，她想见他。

刘秀荣带着小弟去医院看母亲，她给弟弟拿了两块饼干，自己带着一块玉米面饼子。赶到医院时，医生告诉她，母亲需要输血。她说她愿意给母亲输血，医生为她验血后告知血型相符。

为母亲输血后，她头昏眼花得几乎要站不住了，感觉特别心慌，现在才知道那是营养不良加上饥饿造成的。小弟手里紧紧攥着不舍得吃的饼干，小手递到姐姐的面前，可是她搂着小弟说："姐姐不饿，你吃吧。"当时她感觉连说话的力气都没有了。

来医院探望母亲的亲戚看到这一幕，接着跑出医院买了一包饼干，亲戚把饼干递到她手里怜惜地说："多吃点，输血后需要补充营养，如果连饭都吃不饱是很危险的。"

咬一口饼干，那滋味啊。不咬一口，还不馋，咬了一口啊，真是把馋虫都勾出来了。那是个缺东西吃的年份！

发大水时，村外就会有人划船来救他们，她和村里的许多孩子坐在橡皮船里，橡皮船在水里随波漂荡，为了保持橡皮船的平衡，他们都面朝里背朝外围成一个大圈，坐在橡皮船的外沿上，后背和屁股都被水浪打湿了，连内裤都湿透了，也不敢动一下，唯恐一动船翻了。大水过后，很多人家都在床那么大点地方的高处住着。

发一场水就穷好几年，树也栽不活，一棵树长起来需要好几年，不等树苗长成，一场大水就冲没有了，大人们蹚水抢庄稼，孩子们去偷外村人家的地瓜。

那些年究竟发过多少次大水，她数也数不清。

有一次水漫了滩，全村男女青年都自发地跑到村外的小堰上，日夜看护着小堰，夜里黑，他们把树枝插在堰壁上挂起煤油灯照明。看到哪里有裂缝，就急忙用铁锹铲土堵上，堰下面的人不断地用筐运土上堰，大家都不说话，也不知道害怕，都在奋不顾身地运土、铲土、堵堰。

可是拼到最后，堰上的裂痕越来越多，眼看就堵不住了。有人大声喊："快跑！快！娘们儿先跑！"

村里男人们都会游泳，女人们多数不会游泳，刘秀荣和女伴们一起跑，一边跑一边回头看堰，煤油灯还挂在那里，铁锹也横七竖八地歪倒在地上，尽管那是家里照明的宝贝，尽管那是一把用着特别顺手、陪伴她成长、珍藏太多故事的铁锹，然而一切工具都来不及拿了。

女伴一边跑一边哭喊着："怎么办呀！怎么办呀！我弟弟还在家里睡觉呢！"

女伴的鞋跑掉了，也来不及捡起来，干脆光着一只脚跑，跌倒了爬起来接着拼命地跑，边哭边跑，女伴只有一个念头就是要跑过水的速度，要救弟弟。

刘秀荣回头再望时，河水漫过了堰，像是从天上泼下来一样，半空里画着一道大弧。

今天说起被水撵着拼命跑的狼狈相，刘秀荣笑得眼泪都出来了，她幽默风趣的语言，让我们也情不自禁地和她一起笑。仿佛她说着的不是苦难，而是一个与自己与我们无关的剧情或一个画面。

结婚后有关发大水的记忆，除了垫台子就是盖屋，发一次大水就得盖一次房子，每一次盖房子又先要垫台子。

不发水时，滩区内的生活也苦哇，外出需要爬上爬下两个堰，先爬上爬下村外的小堰，再爬上爬下小堰外边的大堰。买了电动车，电钱都用不起，电动车爬上爬下的特别费电。

现在总算是搬出来了，住楼多么好哇，没有苍蝇没有蚊子，多干净啊。她领我们走到新居的凉台上，指着楼下面的青草地说："你们看看，这环境看着心里多舒坦哪。俺一点也不想滩区内的旧房子，拆了俺也不心疼，真的。"

刘秀荣忘情地讲述着，大伯哥刘庆荣插话说："1958年，我8岁，那年发大水，国家派来了木船，爷爷奶奶老了腿脚不利索，还不想走，老人哭，孩子也哭，站在浑水里……俺一家老小搬到西于林村，是个远方亲戚，一住就大半年，你说，寄人篱下的滋味，尴尬呀，大气不敢喘，大声不敢言……1975年，发大水，俺一家老小寄住在赵家坊村的姑姑家，一直到过了年搬回来。1976年，房子还没弄好，秋天又来了水，连阴雨，俺和村里的壮劳力，白天黑夜在黄河大堤上守了45天，好多年轻人都累哭了，有一次溃堤了，都往回跑，水撵上了我，铁锨都掉到水里，摸不上来……"

大伯哥刘庆荣当了14年村支书，然后是她丈夫刘庆炎接上，一直当到2018年，兄弟俩人两个村支书，一前一后，一门心思地想带领村民搬离黄河滩，搬了50多年没搬成。

这次，终于成了。

"我这个村支书，是洪水冲出来的。"

2019年7月18日上午，我们沿着一段上坡路走进滨州市滨城区市中街道的谢家村，村里的街道高低起伏，忽上忽下。村民家大小不一的房屋，都建在七高八低的房台上，房台高的有七八米，低的也有四五米。面对如此的村貌，我们想象着那些年发大水的境况，当大水淹没了村里的道路，淹没了村台，那些高矮不同的房屋，就是汪洋中一个个孤独的小岛，随时有被淹没的可能。

高振明今年78岁，他担任谢家村的村支书，已经是第43个年头。

他说，自打记事起，一共经历过15次黄河发大水。

1947年发大水时，黄河下游的水已经结冰，上游的水泛滥了，河水奔流而下，可是下游的冰遇到突如其来的洪水，来不及融化，河里的冰一层一层地向上叠加着，抵挡着洪水的暴力，却又被洪水无情地猛烈地冲击着，这是一场冰与水的殊死搏斗，最后水战胜了冰。于是凶猛的水流裹挟着大大小小的锋利如刀的冰块，冲过堤坝，涌向谢家村，涌进每户人家的房屋里。那时高振明才5岁，母亲一边手忙脚乱地打包可以随手带走的衣物和食物，一边向他喊着："快穿棉裤！快！穿两条！"他赶紧爬到床上在棉裤外面又套上了一条棉裤。

那一天是腊月三十，高振明随父母住进了房台高点儿的村民家里，一家三口住在一个平时用来存放杂物的小土屋里，晚上又冷又饿，住在别人家里本来就是给人家添麻烦，何况又是大年三十这样特别的日子，不好意思再要吃的。

初一下午，他一再说饿，母亲跑了好几家借了点木柴煮了几个从家里带来的鸡蛋。一发大水，很多村民家成块的木头都用来扎木头架子，以备急需时用来当临时的漂浮物。能供烧火做饭的木柴大都被淹湿了，干的木柴很少。有限的木柴也只能够煮鸡蛋的，还好，鸡蛋比较耐饿，几个鸡蛋成了一家三口大年初一的大餐。

1949年发的那场大水是在春节前，每家都困在自家的房台上，像被困在一个个的荒岛上一样，想去邻居家就是划船去另一个荒岛，大多数人家没有船，大人用木头扎一个架子，充当简易的船，可以从一个荒岛去另一个荒岛。7岁的高振明常坐着木头架子去和小伙伴们玩耍。今天说起来这一幕，他爽朗地笑起来，仿佛一下回到了少年不知愁滋味的年代。

1958年的那场大水发得特别大。村里的房屋全倒了，正赶上人民公社"大跃进"搞"大会战"，全村村民都吃大锅饭，洪水来了，村民们集中到一个高台上吃大锅饭，各家把倒了的房梁，都拿来烧火用，没有人去想一下大水过后拿啥盖房子，吃饭是生存的首要条件，在人们没能解决吃饭问题的前提下，任何的规划都只能是空想。用现在一个时髦的词来说，他们是活在当下。所有的村民晚上只能去附近的村里借宿。

1964 年发了两次大水，夏季的那场水把农作物全都淹没了，那一年粮食颗粒无收，全村的口粮都靠国家救济。

1975 年、1976 年连续两年发大水。最严重的是 1976 年，洪水涌进了村里，有个村民跑到高振明家里求助，他们不在一个生产队，平时联系并不多。村民家的房台矮了些，水已经快漫过房台了，土坯房最值钱的也就是房顶上的瓦片，和高振明说话时，那个村民急得快哭了，村民想让他帮忙，揭房顶上的瓦，那些瓦再盖房时还可以用，否则房子一倒，瓦片就都摔成碎片了。之前他已经跑过好几家了，每户人家都自顾不暇地想从水里抢点可以吃或者可以用的东西，谁也没有心思去帮他抢屋顶上的瓦。

高振明此时也在和妻子忙着打包家里的东西，虽然他家的房台稍微高了一些，可也不敢保证水不会淹没了，一旦水漫上房台，进了院子，不到 5 分钟土坯房就会倒塌，这是他以往多次经历发大水的经验。只要看到水有漫过房台的可能，全家就要在第一时间内撤退，东西能拿多少就拿多少，房屋塌不塌就要看它的造化了。

面对眼前焦急万分的村民，高振明啥话也没有说，他们以最快的速度跑到已经泡在水里的土坯屋前，不顾一切地揭着屋顶上的瓦片。瓦片总算保住了，高振明的腿却因为那次长时间的水泡，落下了静脉曲张的病根，到现在也没有康复。

高振明拖着疲惫的身体回到家里，不多时自己家也进了水。他领着全家人向外跑，村里所有的人都在找高处的防水台，爬上去等救援。整个村庄的道路已经变成了河流，一个女人在水里挣扎着哭喊："救命呀！"他定睛一看是村里的代课老师。有洪水预报后学生们都放假了，昨天学生才陆续离开学校，女老师家在龙口，还留在学校值班，等处理完一些事务后再回家，想不到大水说来就来了。女老师此刻正在水中扑腾，她不会游泳，高振明急忙向她游过去，把她背到高处的防水台上。

很快大水淹没了屋顶，村里所有的房子都化为乌有。交通运输公司组织的救援工作队，用两条船解救受困的村民，村民们很快都被安全地转移出去了。商业局下派的一个包村干部原来一直住在村里，此刻他抱着一张席子和一条毯子，这是他的全部家当，村里一片汪洋，他无处可去，只好上了一条小船，在水上漂了好几天，等到救援的船完成了各村的救援任务返回时，才发现了他，当时村里的水位在 2.5 米以上。

全村 300 多人都去陈家村吃住，陈家村一下添了这么多口人，根本招架不住。那些年，一遇到哪个村被淹了，其他村的村民们都是无条件地接纳，救灾是当务之急，也可以说是他们自发的有来有往的互相帮助，今天我们村被淹了去你们村住，说不定哪天你们也会到我们村住。

也就是 1976 年那场洪水过后，管区领导找高振明谈话，希望他能担任谢家村的党支部书记，他拒绝了，他认为自己没有能力胜任这一职务。但大家都看好他。

当时谢家村共有四个生产队，高振明是第一生产队的队长。他领导的生产队，和其他队比起来，每年每人分的粮食最多，每人每天的工钱也是最高的。为了增加村民的收入，他弄了四辆地排车，都配有小毛驴，到浮桥附近 10 里地以外的货场去搞运输，货场里有木头、粮食等货物，无论有啥需要运输的货物，他们都去运。还购置了一个能把小麦粉压制成鲜面条的挂面机，安置在地排车上，农闲时拉着挂面机走街串巷地为村民们服务，收取加工费，把挣到的钱分给大家。

基于这些原因，无论是管区领导还是村民们都认为高振明是能带领大家致富的人。当年 12 月份换届，管区领导组织全管区 100 多个党员参加会议，当场直接宣布高振明担任新一届村党支部书记。

高振明说："我这个村支书，是洪水冲出来的。"

为什么这么说呢?

高振明用低沉的话语,讲起了他的前任村支书。那个村支书比他年轻,上任了两年,就赶上了两次发大水。村支书家的房子在村的最东部,1976年这次大水恰好是从东边涌进村子的,首先受冲击的就是他家,而他家的土台子已经很旧了,经过去年的那场大水能存下来,已经是幸运,这次大水一冲,到处是裂缝,随时有坍塌的可能,他拿着一把铁锨不停地围着土台子转,不敢有一丝的懈怠,哪里有裂缝,他就拿着铁锨跑过去用土堵裂缝。

就在村支书在自己家门前急火火地轮转的时候,整个村子也乱了。其间,不时地有人来喊他去组织救援,那时政府救援的船已经进村了。"他当时吓傻了! 真的,面对洪水,他脑子里迷糊了。"高振明说。

村支书眼直勾勾地,一门心思就是要保住自己家的土台子保住房子。那一刻,可能把村支书的身份都忘记了。他们家除了妻子和两个孩子,还有两个未出嫁的妹妹,他们6口人一直生活在一起,之前他们都转移出去了。妻子离家前依依不舍的眼神让他揪心,那复杂的眼神溢满了对家的依恋,也有对他的牵挂,更有对他的信任。那一刻也许他已经在心里一再承诺,对妻子、孩子,还有两个妹妹的承诺,他没说出口,可他已经用坚定的眼神告诉他们,走吧,请放心! 有他在就有房子在。如果因为他的保护不力,房子被冲垮了,他无法想象一家6口人以后该怎么生活。

但是,他无力保护自己的小家,很快大水淹没了屋顶,这个村支书抱头痛哭。

洪水退了以后,村支书被免职。

高振明这个被洪水"冲"出来的村支书,领着村民战胜了一次又一次的洪水。他说:"我一直觉得,我的前任,是被洪水吓傻了,他当时也年轻,担不住事儿。但是,作为村支书,没有担当,就是失职。"

洪水,冲刷着房屋,也考验着人,考验着人性,人性是复杂多变的,人人都有自我保护意识。允许普通人面对灾难时有恐慌和畏惧，但是作为党的干部，作为村支书，人民的利益高于一切，别无选择。就像入党誓词中说的那样，"随时准备为党和人民牺牲一切"。

黄河，是一面镜子，映照出一个人的境界和格局。

洪水把她的男人"吞没"了

我们走进滨城区谢家村村民董桂俊的家时，听到的先是笑声。73岁的董桂俊和两个孙女不知在说啥开心的事。

董桂俊说起搬迁，脸上笑成了一朵花。她说终于有了出头之日，可以搬出滩区，睡上安稳觉了。

她的娘家在滩区外面，她是经媒人介绍嫁到滩区内的。难道她年轻时不知道滩区内苦吗？不知道发大水多可怕吗？回答我们的疑问时，她实实在在地说："小时候只是听说发大水，可是从来没有见识过，怎么会信哪。嫁过来才知道发大水多么可怕！都说水火无情，你不见，不知道什么叫无情。只有见了，才刻骨铭心。第一次经历发大水时也后悔，后悔有啥用，孩子好几个，不能扔下孩子，夹起小包袱就拍屁股走哇，去哪里？哪里也去不了，去娘家都不行，带着三个孩子，娘家想管饭也管不起，那时可知道大水的厉害了！可是没有别的办法，就只能踏实地过下去了。"

其实经历了那么多次的水患，也习惯了，好像也不知道害怕了，害怕有啥用，还是得面对。

她一辈子在滩区内吃尽了苦头，嘴上说是面对，也表现出一脸的淡定，但是两个女儿长大后，她绝不允许她们留在滩区。她向媒人提出，嫁女儿唯一的条件就是必须嫁到滩区外面，她不能让女儿过她曾经的日子。后来，两个女儿如她所愿都嫁到了滩区外。

现在她跟着儿子儿媳及两个孙女一起生活。儿媳常玉梅长得特别和善，黑黑的圆脸，细眉长眼，不笑不说话。我们聊起家庭生活的话题，问婆婆和公公一直跟着他们生活吗？她笑眯眯地说："不是婆婆跟着我们生活，是我们和孩子一直跟着婆婆过日子，公公很早就去世了。"她还说，特别希望能尽快搬出滩区，在滩区内种地太辛苦了，真的是种够了，就盼着将来进了城，能去饭店炒菜、端盘子，或者去超市当个服务员，风刮不着日晒不着，她就不会晒得这么黑了。她啥都愿意干，啥都会干、能干、想干。

常玉梅说现在村里很多的地已经流转出去了，每亩1000元的流转费挺可观的，很多村民都不种菜了，买菜吃，她丈夫刘卫国现在批发蔬菜，从外村买回来在本村卖出去。

告别董桂俊一家，在回去的路上，我们问村支书高振明，董桂俊的丈夫怎么去世的。他叹息着说出实情时，让我们唏嘘不已。

董桂俊的丈夫刘吉营是民办老师，长得白白净净的，戴一副眼镜，有学问，书也教得好，全村的人都很尊敬他。1976年发大水时，他家的房子塌了，大水过后，要重新盖房子，先得筑房台。那时村里的教师少，白天他要全天讲课，晚上回家推着独轮车一趟一趟地从耕地里往家门口运土，一运就是大半夜。有时累得连饭都没工夫吃，往往一边推着车子，一边啃着煎饼。有时晚上要辅导学生上课，气喘吁吁地赶到讲台上，还空着肚子，都是常有的事儿。妻子照料3个孩子，2个女孩，儿子才七八岁，没有人可以帮他。这样的重体力活，让他一个弱不禁风的书生一干就是3年，房台终于建好了，房子也即将完工了，他却累倒了，从此一病不起，去世时他的妻子只有33岁。她一个人带着3个孩子在滩区内艰难地生活着。

我们想起刚才采访时，董桂俊说到1976年的那场大水时，语调一下低了下来，语速也缓慢了许多，她说，村里的房子都没有了，所有的房子都没有了啊……原来，洪水把她的男人"吞没"了！

由董桂俊丈夫的遭遇，让我们想起不久前在梁山县采访时，梁山县赵堌堆乡党政办公室的副主任梁久胜说的筑村台的事儿。

由于黄河水每年都涨，村民们有条件就想垫高自己的房子，盖房更是要先垫台。当年他岳父家要在 4 分地上盖四间正房，想要垫 7 米高的房台。农忙时需要种地，冬天农闲，全家包括亲戚家的男女老少齐上阵，垫了整整 3 个冬天。房台是梯形的，上面仅有 4 分地的面积，7 米高的房台所需要的土方也是相当多的，懂立体几何的人都可以计算出来。关键是滩区没有路、没有机动车、没有挖掘机，没有一切可以挖土运土的机械，全靠人工去自己的耕地里一铁锨一铁锨地把沙土挖出来，盛到土筐里，再一筐一筐地抬回来，最好的条件是有一辆独轮车，一车可以推几筐土。投入的人力物力，真好比是愚公移山。

如今，谢家村的村民们想不到梦想真的要实现了，不仅能搬出去，而且是搬到主城区黄金地段的楼房里。安置工程——黄河馨苑项目就在谢家村正北方 1 公里外的城区，这也是全省唯一一个滩区居民外迁至主城区的安置项目。

村党支部书记高振明看着每天都在长高的新楼房，心里特别激动："俺住了一辈子的土台子，就要搬新家了！村民们也高兴啊，今年 3 月 11 日，全村 169 户村民一上午的时间全部在迁建协议上签了字。"我们了解到，历时 3 个月，滨城区的 7 个村居、1664 户 5420 人全部签订了协议，其速度之快，表明了滩区居民渴望早日搬出去的急迫心情。

一路深深浅浅的脚印，沿着黄河，我们一路在思索。对于黄河滩区的人们来说，重要之点并不在于河患让他们搬来搬去的恐惧，而在于这些悲壮的插曲结束之后，人们所保存下来的记忆——这正像是我们对于黄河入鲁的辉煌落日景象的留恋，而世代的滩区人却是搏斗过了一场风雨交加的日子那样，这些回忆逐渐消逝的时候，便在人们心中留下了某些晨光熹微里照耀得分外明媚的波浪翻滚的景色，还有始终保留着摧不垮的信念，那就是乌云的背后仍然保存着光辉，而且随时都会显现出来。

　　著名报人范敬宜曾经谈到 1951 年夏秋之交辽河洪水，当时《东北日报》的一篇抗洪报道里，写了一个使人难忘的细节：当洪水淹没村庄的时候，一位农家妇女只抢出了一盆鲜花，水退以后，她把这盆鲜花又放回被冲毁的窗台上。记者问她为什么如此珍爱这盆花，她说，还会盖起新房的，那时家里不能没有花！是啊，房里怎么能没有花呢！爱花就是爱美，有花心中就有阳光。

　　无论是哪条河的洪水，都一样地无情，一样地肆虐和疯狂，但是唯有人的希望如灯！我们在黄河滩区采访，就听到过不少类似的温暖故事。

第二章　试点"样板"：用泪水宣泄幸福

泰安市银山镇耿山口村老支书耿进平怎么也没想到，新时代山东省黄河滩区居民迁建试点工程启动仪式会在他们村新选的村址上举行。那天，他流眼泪了。

"那天是 2015 年 10 月 31 日上午，我永远忘不了的日子，耿山口村外迁终于有着落了。""新村"安置点确定在银山镇政府驻地，220 国道以东。

从明初开始，耿氏家族就世代生活在这里，600 多年了，到了耿进平这一代，已经是第 19 世。如果黄河不改道，耿氏家族不会被水患折磨，而自 1855 年之后，一百多年来，几代耿家人日夜盼着的就是离黄河远一点。

我们第一眼看到耿进平，强烈的直感是，他当过兵。"我 1969 年入伍，炮兵，在烟台的牟平，服役 6 年多。"说话干脆利落，军营锤炼的痕迹抹也抹不去。

2018 年 10 月 23 日上午，67 岁的耿进平在耿山口社区服务大厅给我们讲外迁的故事。

突然听到一声毛骨悚然的怪叫

耿进平当兵之前，就没在床上睡过觉，全家人挤在一个砖头垒成的土台子上。为了生计和母亲拉车往船上运石灰，由于年龄小身子单薄，一次运输中没扶好车把，连人带车都落入了黄河里，被救上来时已奄奄一息，至今，他右腿膝盖下还有疤痕。

回忆起1958年的那场大水，耿进平依旧唏嘘不已。当年他只有7岁，住在张亥村的姥姥家里。"我正熟睡着，被姥爷晃醒了，往窗外一看，满天井都是水，直晃眼。姥爷说，快快快！他裤子也来不及穿，把我抱在水缸里，姥爷姥娘在水中推着水缸往外渡我，俩老人站在水里，姥娘还是小脚，老一辈人啊，受了那罪了。"姥爷把他"渡"到了高坡上。他记得那一年墙倒屋塌，淹死了许多人。3年后的1961年，又是一场大水，村周围的水深达7到8米，水中能行装有3个桅杆的大船。

1982年的一天，耿进平和一个村民正与老支书在村里边走边聊天，突然听到一声毛骨悚然的怪叫，循声望去，视线所及处有高五六米的水头，像怪兽一样地叫着，水头转着圈打着滚往前冲。他们拔腿就跑。"老支书年龄大跑得慢，急得在后面大骂，你们只管自己跑，不管我的死活了！俺们听到了，又掉头跑到老支书身边，架着他的胳膊奋力向前跑，眼看着跑不过水的速度，就转向侧面往山坡上跑，洪水从脚下呼啸而过。我们在山坡上闷头坐了一个多小时，谁也不说话，一根接一根地吸烟。"耿进平笑着回忆，眼角却是晶莹的泪光。

村民耿忠坦回忆说："1982年，洪水说来就来了，四五米高的浪头翻卷着往前冲，墙倒屋塌，当时人都吓傻了。我哥哥耿忠龙正在地里收地瓜，来不及躲避，被洪水卷走了。"

"洪水过后，沉积的泥沙跑水漏肥，俗称'白糖土'，根本不长庄稼，大风一刮，尘土飞扬。庄里的窗玻璃上、门扇上，全是沙土，你看树叶子上也是沙土。沙尘土，沙尘土，白天不够夜里补。夜里的风更厉害。同时，为避水患，房子盖得一家比一家高。"耿进平说。

为躲避水患，村民盖房要先垫一个高高的房台，房台四周用石头垒砌，中间夯土填实，往往是竭尽所能地垫高、再垫高，建房成本是滩外的两倍还多。成本高，冲塌再盖，一辈子往往要建好几次房子。很多人家，直接把房子盖在山坡甚至山顶，生产生活非常不便，更谈不上致富发家。

"不搬出滩区，我死不瞑目！"

在烟台牟平当炮兵，老耿练就了一身硬骨头，却没学会牟平话，出口还是东平腔。按老耿的说法，东平话带着股黄河冲劲儿！

1985年年底，老支部书记耿忠为顶着寒风来到银山镇政府找到耿进平说："进平，我岁数大了，干不动了。村里不能没有当家的，我思前想后，数你最合适，跟我回村吧！"

耿进平退伍后，在银山镇人民公社、物资站等岗位干了9年，工作熟门熟路，正干得顺风顺水呢，回村当支书？

迎着老书记那期望的眼神，还有满头白发和岁月深刻的皱纹，耳畔回响着那恳切的话语。耿进平答应试试。老书记粗糙的大手握过来，一字一句地说："不是试，实打实地干吧。还有啊，你要领着大伙搬出滩区，不搬出滩区，我死不瞑目啊。"滚烫的嘱托，烙铁一样，烙得耿进平心绪难宁。

彻夜难眠，他发下宏愿，搬出滩区。

可搬家靠啥？得有钱。耿山口、耿山口，山就是出口，山就是活口，山就是突破口，山也是进钱的口、致富发家之口。

村里的大山盛产青石，是优质的建筑材料，而鲁西南和豫东一带平畴沃野，建材市场需求量极大。做山的文章，他带领乡亲们，开石子厂、石灰厂，呼啦啦，以股份制形式在村里一下成立了7个石灰厂、3个石子厂，村民入股率达到60%。

厂子建起来了，效益却不大。"分析原因，人家烧灰技术改进了，别人的石灰厂一斤煤能出七八斤石灰，村里的一斤煤却只出四斤多。"耿进平说。

"耿进平把钱都贴山上了，揭也揭不下来。"一时间村里风言风语，没入股的群众说起风凉话，入股的群众嚷着要退股。

为解决亏损问题，耿进平三番五次到梁山县请教能人。后来，村里高价请来一名叫张和合的师傅指导生产，效益一路飘红。村里规范了厂子管理，成立了股东大会，吸引了更多村民和能人入股，股份制搞得有声有色。当时耿山口加入了中国石灰协会，在周边建筑材料市场很有名气。

1990年前后，耿山口村已远近闻名。"当时村里饭店就有10多家，还有汽车修理厂、加油站，周边村庄在耿山口干活儿的有1000多人。"村民耿忠皎自豪地说。

然而，2007年，石子、石灰市场价格走低，整个行业都变得不景气，耿山口村山石企业亏损严重。"因为价格低，每个厂的石子、石灰都堆成了小山。"耿山口村会计耿进领说。

村民着急，耿进平更急。他心里火烧火燎地焦急，不到一月竟瘦了10多斤。但在老少爷们儿面前则显得异常镇静，他知道，他心不能乱，再大的难题，也得自己顶着，当过兵的人，哪能轻易言败！

除了转型，没有出路！

多年的山石开采经验，完备的机器设备，成熟的销售网络，让耿山口村很快在外占有了一席之地。耿山口人先后在东平县老湖镇、梯门镇、旧县乡及肥城市、宁阳县、长清区建立企业。

几年时间，耿山口村通过股份合作引进了欧雷航空运动器材研制公司，成立了温佳建材科技有限公司、长宏制衣有限公司、健承生物制品有限公司、银河浮桥、银都宾馆等企业。

但一次创业、二次创业的磨砺，都没有磨砺掉老耿搬迁梦的一丝一毫，这个梦，随着年龄的增长，越来越想圆。

有时候，老耿爱在深夜里，一个人在黄河边溜达。

"俺就想找个地方落脚，作难啊！"

一个村的搬迁，不是一家一户，往哪搬？哪里是新家？老耿想得脑门都要沁出血珠儿了。

1990年，他听说郭楼村在政府的帮助下已经搬迁了，更加坚定了搬迁的信念。每次镇上调来新的书记和镇长，他都在第一时间跑到镇上，求领导帮忙的第一个事就是给他们一块地。

镇领导跟他谈话："老耿啊，你心知肚明，郭楼村之所以能尽早搬迁。是因为郭楼村很特殊，这个村的地势太低，每次发大水，持续两三年水也无法退去，村民们都被围困在村里出不了门，出门需要用船摆渡，根本不能正常生活劳动。你们耿山口，条件好多了啊！"

老耿说："领导还是再想想办法。"

让领导想办法，首先得自己想办法。耿山口村附近的几个村，因有一部分地在滩区外，老耿就去找人家商量看看能不能和他们换地。耿进平和远离黄河的某村书记是一起长大的好朋友，有话也好说，在换地协商的过程中，明明某村的地不如耿山口村的地肥沃，只因他们的地在滩区外，耿进平说愿意一亩换一亩，并且每亩再补贴3000元，还承诺如果滩区内的地被黄河水淹了，他们还赔偿所有损失。可人家不同意，耿进平就把补贴款增加到6000元，他们同意了，可签合同前又反悔了，耿进平只好把补贴款提到1万元，反复商量，那个村不断加码，补贴款从1万元涨到15000元，直至最后涨到3万元。终于同意了，可几天后依旧反悔，不肯签下置换土地的合同。耿进平急了，向那个村支部书记发火："你干脆说不同意换就算了，你要我玩呀！"而那个村书记接着道歉说："你别生气！换地这个事儿我做不下来，跟你多要钱以为你就不换了。"

和这个村没有换成地后，耿进平又陆续和附近的其他几个村协商过，努力了几年也没有换成一块地。

"哎呀，俺就想找个地方落脚，作难啊！"老耿说，他一肚子的苦水。

"不搬归不搬，书记不能换！"

2000年，银山镇来了个自选动作，举全镇之力安置黄河滩的群众，他们在黄河大堤外盖了一片新房子，希望地势比较洼的滩区村庄先搬出来，但有些就是不愿意离开旧村，房子剩下一百多套，银山镇背上了经济包袱，"当时镇上的党委书记知道耿山口村条件比较好，一直找我，希望我们能把房子接过来"。

耿进平被说服了，自己也有了进一步的打算。"我召集村两委开会商量，把村里的一块区域的这一百多户搬过去，就在搬出来的地方开个石灰厂。"

没地搬的时候，想搬，一霎搬晚了，都不行；可是临到真要搬家了，又故土难离。有的群众思想工作难做，他就一家一家找，做不通工作再通过亲戚朋友去劝说。最后，依然剩下9家就是不搬。让耿进平印象深刻的是，"有一位村里的老人甚至给我跪下了，他说'我生在耿山口，长在耿山口，死也想死在耿山口'"。

不愿意搬的人家去镇上去县里、市里上访。看到群众闹得凶，镇领导赶紧安抚。"群众的意愿我们充分尊重，耿进平来硬的，镇党委就撤了他。"没承想此话一出，有人还不愿意了。"不搬归不搬，书记不能换，换别人不见得比他干得好。"

做了自己认为对的事情，但老百姓不买账。老耿开始反思。在搬迁中，确实有实际问题，新村规模有限，只能容纳少部分村民，你说，大家祖祖辈辈在一起，突然就分了出去。哪能习惯？人又不是棵树，搬不动的"乡愁"啊。

从那时起，耿进平就有了一个想法。"要富大家一起富，要搬大家一起搬，耿山口村不能散。"

大喜过望，老司机竟撞了人家的新车

2015 年，为确保黄河滩区群众安全，山东省开展迁建试点，对滩区群众给予重点扶持。试点指标，一个给了鄄城县，一个就给了东平县。东平县的指标，选了俩地方都没搞成。老耿找到领导说："把试点给俺们吧，只要给解决土地问题，其他的事儿不用你管，群众工作我去做。"

"有一天我正在村里开会，接到县领导的电话，说搬迁指标经过领导反复研究，决定给你们村。放下电话，我激动万分，一路小跑赶到停车场，想尽快开车去县里签协议，停车场很宽阔，原来是个篮球场。我倒车时却撞到了停在后方的一辆新车上。我从 1978 年学会开车，已经有近 40 年的驾龄，从没有发生过剐蹭事故，而今天在篮球场那么空旷的地方却撞了人家的新车。"谈起这事，耿进平的兴奋之情溢于言表。

2015 年 10 月 31 日上午，山东省黄河滩区居民迁建试点工程启动仪式在耿山口新选村址举行。"新村"安置点确定在银山镇政府驻地，220 国道以东。

"为了搬迁，就是转着圈儿给你磕头都行。"

恰在此时，省委组织部牵头的省派整体脱贫"第一书记"工作队进驻东平县。"第一书记"工作队联系协调省、市、县对口部门帮助解决社区建设和实施搬迁中存在的问题。与此同步，东平县委县政府成立了"东平县黄河滩区居民迁建试点工程领导小组",由县委书记亲自挂帅。

在耿山口村居民搬迁迁建项目上,有两个人不能忘记,一个是"成方连片党建扶贫整体脱贫东平第一书记工作队"队员、省发改委的徐洪,一个是东平县发改局副局长孙允建,从前期调查,到做群众工作,再到跑手续、盯项目,哪一个环节都少不了他们。

耿进平说,在这些流程中,办手续是"最艰难的"。从确定了耿山口村的指标之后,耿进平就陪着徐洪、孙允建等开始了村里、镇里、县里、省里四头跑的日子,项目所需要的所有手续都要按要求办理。最难的当数办土地手续,过程很曲折、复杂,光省里的国土资源厅,就跑了许多次。"这个过程十分漫长,因为手续牵扯到三四个科室,都需要签字。所以要不断进行沟通、协调,等待的时间比较长。"

而最困难的不仅如此。作为 2015 年国务院重点督导的项目之一,国家要求 12 月 31 日前必须完成当年投资计划的 90% 以上,而划给耿山口村的钱 11 月 18 日才到账。许多手续都没有跑完,方案计划也都没有细化,很难短时间内达到国家要求的 90% 以上的投资进度。

能耐,就是能耐得住烦,只要是为了搬迁,多大的委屈都能承受。"我就是转着圈儿给你磕头,都行。跑手续正常需要 400 天,而我们 4 个月就跑下来了。"

"说实话,你们是一天签完的吗?"

在搬迁楼房建设中的一年零九个月期间,耿进平带领村委班子成员每天都加班加点地干,他把村委成员分为三个班子,一个负责社区建设,一个负责组织村里的正常工作,一个负责土地复垦。

2015 年 8 月 8 日签协议前一天,县委书记一天给项目负责人打了三次电话,领导最担心的是有人不签协议，因为只要有一户不签就会影响整体的搬迁计划。

签搬迁协议那天夜里，老耿睡得特踏实。他说："我们决定早晨6点开始签，想不到5点刚醒就接到了村主任的电话，请示说，别等6点整了，马上开始吧，一到场，村民们最早的夜里12点就已经开始排队了，现在密密麻麻的长队足有600多人。"老耿接完电话后立刻跑到村照相馆，请摄影师去现场拍下了这激动人心的一幕。当天中午已经有75%人签完协议。晚上9点，全村783户全部签完。

县领导悄悄问老耿："你和我说实话，你们是一天签完的吗？"耿进平回答："咱是学《毛选》长大的，不可能撒谎的。"说这话时，老耿挺着胸脯，感到无比骄傲。

事后，耿进平分析说，村民们的心这样齐，是党支部、村委会长期在群众中的民心积累，你只要给群众干好事干实事，让群众得到实惠，群众就会支持你，拥护你，赞成你。

房屋丈量，也是个非常棘手、非常敏感的事儿，闹不好就会激发矛盾。

在全村房屋丈量动员会上，老耿表态："在我的房屋丈量数据上再减去5厘米，其他村两委干部根据自己情况作决定，但至少保证自己的房屋丈量不多一厘一毫。"

跟儿子说捐1000万元，没想到他一口答应……

在耿进平的记事本上，列了6条"社区建设成功的标志"，其中一条是"做到平安、和谐、文明搬迁，保证困难群众住得上房、住得起房"，要做到这些，并不容易。

为保障资金，他们借助财政、银行、土地增减挂钩、群众自筹等途径，多方筹措。根据预算，有 4000 多万的缺口需要村级自筹。为减轻群众负担，耿进平毅然捐赠 1000 万元，这也是他几十年来最大数额的一次性捐赠。

他做出这个决定时，先和妻子商量说，搬迁是他多年的梦想，现在即将变为现实，可是现在遇到了困难，他想自己拿些钱解决眼前的困难。妻子理解他，问需要拿多少。他想了一下说，大概得 600 万以上。妻子说，这么大的数目是不是应该和儿子商量一下。

耿进平开始不想和儿子商量，42 岁的儿子在海南做生意，有次资金紧张了向他要 20 万，他这个当爸的都要细问。他担心儿子不会同意。

恰好，儿子从海南回来了，他拐弯抹角地和儿子交流。儿子感觉到父亲有事说，就问："爸爸，你有啥话直接说吧。"耿进平说："你可能不大了解爸爸，我这么多年只想做一件大事，就是把全村都搬出滩区，现在政府帮助我们，我就要成功了，可是现在资金遇到了困难，可能需要 600 万到 1000 万元。"

儿子说："爸爸，也许几年前我想不通，现在我理解你。"

耿进平听到这话，瞬间泪流满面，他激动地对儿子说："你长大了，成熟了，知道为别人着想了。"

盯着乔迁人流，老耿又流泪了

耿山口新社区按抗 8 级地震设计，选聘了 20 多名群众代表和监理单位组成监督小组，24 小时巡检所有建材，从进场到实验室检测，全部在监督下完成。经过两年施工，新社区 31 栋砖红色洋房，拔地而起，服务中心、物业公司等一应俱全，统一装修完毕，群众置办点家具，即可入住。

2017 年 10 月 15 日，是鸡年的八月二十六，村里定在这天的 6 点开始搬家。

"头天夜里，安排好锣鼓队、鞭炮、横幅啊啥的，就早早睡下了。可是翻来覆去睡不着。天快亮了，才迷糊着，猛然被汽车声惊醒，才4点多，外面灯火通明，村里的老少都起来了，都在忙活，打包的打包、装车的装车，老嬷嬷忙着烧香磕头，嘴里嘟嘟囔囔，声音都压得很低，从灯影里，我看到村民都带着笑容。这一天，是鸡年的八月二十六，定在6点开始搬，挑个带'六'的时辰，六六大顺嘛！"老耿说。

6点钟，一阵鞭炮声响彻天空，唢呐声、锣鼓声随之响起，各家各户搬家的车辆，排成绵延5公里的长龙，向新社区进发。

在新社区，欢迎的锣鼓敲起来，开心的舞蹈跳起来。搬迁那天，老耿站在广场的旗杆下看着车队慢慢驶入社区，就那么一直站着，直到最后一辆车进来，泪水一直溢出眼眶。"我对自己说，不能掉泪，都60多岁了，掉啥泪啊，让人家笑话。可一想搬家的事儿，鼻子就发酸。"

"耿山口这个小区是全镇第一个用天然气、第一个有电梯的多层、第一个用中央空调的，房屋能抗8级以上地震，就是要给百姓建个百年安居房，不再搬家了。"原银山镇人大主席、耿山口社区项目总指挥刘景海介绍。

"历朝历代都没有做的事，共产党帮着我们做了。"耿进平说，"我们不是逃离黄河，而是要更好地利用黄河。我们村搬迁，是我这辈子干的最高兴、最满意、最正确、最值得骄傲的事儿。"

2018年10月23日下午，我们来到耿山口村的老村，这里正在复垦。在村头靠近黄河的沿岸，有两棵小杨树苗，那是两年前的春天，村民战继梅和吴秀菊两位老姊妹种下的，在她们看来，住进了楼房，不用再担心每年秋收后的汛期，但这片给予她们大半辈子记忆的土地，依然让人牵挂。

告别耿山口，告别耿进平，我们耳畔依然回响着这位可敬的老支书的话："我们的先人报复了黄河，也受到黄河的报复；保护了黄河，也得到了黄河的保佑；恨黄河就得到黄河的恨，爱黄河就得到黄河的爱。我们无法告别黄河，就是搬迁得再远，黄河也在我们的心里流淌……在部队里当兵的时候，我就常说，我是草木之人，要说跟战友不一样的，我是黄河水泡大的，喝黄河水长大的，让黄河水浇灌的玉米喂大的。身上有黄河的魂、黄河的魄、黄河的骨，不服输，不怕事，不懈怠。"

耿山口试点蹚出来的路子，成了滩区迁建的鲜活样本，简单说来经验是：干部带头，党员带头，主动亮身份、树形象、作表率；不搞强迫命令，一切都在自愿的基础上展开，反复耐心地讲政策、算清账、交实底、解疑惑，真正让群众"政策明白、优惠清楚、期盼有底、真心支持"。这些成功的经验被滩区迁建的单位学习着、复制着、借鉴着。

"但是，有一点不好学，那就是老耿拿出 1000 万用于大迁建。我们学耿书记的这种精神境界。"济南市长清区一位滩区干部说。

第三章 吹沙筑台：开进滩区的"航空母舰"

黄河房台，起源于先民避水而筑的高台，延伸于洪荒泛滥的鲁西南人民的生存变迁，并逐渐成为一种独特的黄河人文景观。至今，菏泽市李村黄河滩区的清代房台遗址还存在。据说清朝修黄河大堤时的指挥大营就设在这里。

家家户户建筑房台，是被黄河逼出来的民间智慧。

从房台到村台

房台，顾名思义，就是一房一台，一家一台。我们经常听到的"三年筑台、三年盖房、三年借钱、三年还账"的说法，其中筑台就是筑的房台。

东明县沙窝镇北霍村村民乔明生说得很形象："以前滩区里的老百姓都是各家各户垫自己的房台，房子地基和房外的地面落差大，出房门就像跳坑，加上村内道路高低不平，遇到阴雨天气和黄河上水漫滩，街道变成河道，房子就像一座座孤岛。"

我们在找营村看到的，就是这样的景象，这里的房屋地基比街道约高4米。"平时是街道，一来大水就是河沟，家家户户都有船或废旧轮胎，逃生用。"64

岁的马秋玲指着家里梁上挂着的轮胎（轮胎上已经挂满了蛛网）说，"我是1981年嫁过来的，盖了4次房，垫土越垫越高。"在她的房间里，伸手就能碰着屋梁。她依然记得1986年发大水，出门，得划着小木船。50岁的赵青梅说，2003年发大水，蹚着水走娘家，脚都够不着地。

单户的房台即使建得再高再大，其抗洪水冲击的能力也十分有限。各自为战的房台经不住洪水冲刷，洪水一淹，地基就要动；地基一动，墙裂梁歪，住不了几年就得塌。

变化最大的是竹林新村。这里是红色革命老区。

"竹林村是明洪武年间，由山西洪洞移民而形成的。"东明县长兴集乡竹林新村村委会副主任刘湘泉说，历史上，竹林村农田广阔，村子被竹子林所环绕，景色宜人，后来黄河改道山东后，老村淹没进了河道里，往东迁移后，形成了现在的竹林村。

黄河改道后，竹林村守着渡口，一下子成了十里八乡的交通要地。战争年代，竹林村一度成为周边抗日斗争和地下斗争的中心，留下了丰富的红色文化资源。

"抗战初期，竹林村隶属于长垣县。"刘湘泉介绍，1938年冬季，为配合地方党组织开展工作，八路军冀鲁豫支队第三大队，在大队长鲍启祥和政治委员刘汉生的率领下，首次进入竹林村一带开展武装活动。

1939年1月，中共直南特委决定建立中共长垣县委，调任陈平负责筹备工作。2月，中共长垣县工作委员会成立，陈平任书记，县工委对外称抗日工作队，当时，驻地就在竹林村。

长垣县工委成立后，联合社会各阶层群众，建立广泛的统一战线，做通了国民党长垣县县长毛迪亚的工作，由县政府拨出粮款，举办长垣县抗日军政干部训练班。陈平负责训练工作，在举办的两期学员班400余人中发展共产党员130余人，为我党在这一地区的发展奠定了坚实的组织基础。

在那个战争年代，这里诞生了长垣县第一个党支部、长垣县第一支武装力量和长垣县《曙光报》，并于1940年在现在的竹林村成立了长垣县抗日民主政府。

为革命做出贡献的老区人民，地处黄河滩区，默默地继续做着奉献。

这段红色历史，吸引了村民毛吉志，他从小热衷绘画，并曾经担任美术专业老师；结婚后他一边劳作，一边用自己手中的画笔记录滩区生活。他时常因生长在这个革命老区而感到自豪。他就拿起画笔，将这些红色故事画了下来。

在竹林村的村史陈列馆里，有60多幅连环画形式的村史绘画作品，这都是毛吉志一笔一画完成的。

历史被记录下来了，但是现实中的黄河滩区，依然没有摆脱贫穷。72岁的毛吉志记事起就饱受黄河水患困扰，他说："像我过去就盖了七八次房，塌了又盖，盖了又塌。"

在刘湘泉记忆中，从10岁开始，他就跟着父母一起拉土筑台，在以后的20多年里，拉土从未间歇，工具从马车换成了拖拉机，但是遇到大雨天气，全家人仍是提心吊胆。

能不能把房台建大，大一倍，大两倍，大五倍，大十倍，把整个村子筑高，筑成大村台呢？如果房台是小舢板，那么村台，不就是航空母舰吗？

长兴集乡是山东省最西部的一个乡镇，也是山东最大的纯滩区乡镇。2003年的那场大洪水，让长兴集滩区几个村的老百姓心焦，而更心焦的是村里的一百多个光棍，年龄越来越大，可是媳妇都不愿意上门。他们都栖居在自己的小舢板上，孤独地熬着日月，头上长出的每一根白发，脸上的每一道皱纹，都让他们心焦。年龄不等人啊！

就在这时，村里有了打造"航空母舰"的筑村台想法，想法很快反映到了上级那里，并得到了上级支持。

利用亚洲开发银行贷款和省级财政配套资金，长兴集乡建设了两个4米高的大型防洪村台，有10个足球场大，组建起"竹林新村"。距地面4米高、能够抵御黄河花园口每秒 12370 立方米流量的洪水。不增加村民的生产半径，这个大大的村台，像一艘巨大的航母，一下子装下了毛庄村、西竹林村、东竹林村、新刘乡村、老刘乡村 5 个滩区自然村。

经过统一规划，新村街道平整宽阔，村民都住上通了自来水、管道天然气的二层小楼，就如同巨大安全岛上的一座小城市。这样的"滩区村"，成为小伙相亲的"加分项"。

刘湘泉说："就近淤筑新村台，是成功的。一是有效保障了滩区群众的居住安全，降低了遭遇洪灾的可能性，解除了心头之患。二是没有改变滩区群众的生活习惯，耕作半径没有增加，不离故土。有利于群众的生产生活。三是相对易地搬迁，费用较低，避免了跨乡镇异地征用土地造成新的失地农民等问题。四是符合当地群众的安置意愿，群众积极性高、拥护度高。"

竹林新村 2010 年启动搬迁，2016 年基本完成。搬迁安置 5 个滩区自然村，1400 户，5120 人，其中贫困户 224 户，贫困人口 715 人，搬迁后腾退耕地 1410 亩（老村址占地）。

在村委会办公楼旁边，就是村民刘湘泉的新家，一栋二层小楼别致大方，墙上藤蔓缠绕，很是漂亮。"这放在几年前，是不敢想象的。"刘湘泉感慨，如果不是建筑村台，实施整村搬迁，刘湘泉或许仍漂泊他乡。"那时候在村中看不到希望，生活太艰难，年轻人都是外出打工，自谋生路。搬迁新家后，2016 年，全村人均收入达到 8600 元，成为全乡贫困人口发生率较少的村，截至 2016 年年底，年收入在贫困线以下的贫困户仅剩下 198 户，大部分为五保户和个别大病致贫户，乡村两级采取政府兜底，救济方式得到保障。"刘湘泉说。

我们看到，整个新村按照新型农村社区规划设计，主户型统一为二层楼房上下 6 间房，各家的小院子里，都种着盛开的鲜花。道路、路灯、自来水、卫生室、学校、社区服务中心、文化娱乐场所、下水道等基础设施配套齐全。

毛吉志也搬到了新家里，有了自己宽敞明亮的画室。他的心里开心得不得了，从来没住过这么好的房子。街坊邻居发生这么多的变化，他要把这个历史记下来。他又一次拿起了画笔。

不仅画自己村的变化，毛吉志开始频繁去黄河滩区的其他建设现场。"我要搜集这样的素材，多走走看看，把这些历史都记录下来。单独创作黄河滩区搬迁，咱搞一个画展，出一本画册。"

在竹林新村，我们还听到一个老刘卖船的故事。

搬来新村之前，刘富旗一家生活在东明县长兴集乡西竹林村，深受水患之痛。1982年黄河发洪水，西竹林村受灾最严重，刘富旗家5间房塌了3间，想进出村子只能靠船。当时村里只分到两只小船，根本不够用。刘富旗傻了。

1996年秋天，连续的阴雨导致黄河水猛涨，站在大堤向滩内望去，房屋又成了一个个孤零零的小岛，船再次进入老刘的视野，没有船，看来这辈子就过不安稳啊，刘富旗下决心弄条船。掏出全部积蓄，买了一条能装下十几人的大船，钢板足足有3厘米厚。

2003年秋季，黄河再一次发洪水。这一次，刘富旗的船派上了用场，不仅把家人平安送到大堤，还帮助村民收庄稼。"别的地方种地，都是一季麦子一季玉米，我们这儿是一季麦子一季水。"

船，暂时能让他安全转移，但是船不能给他更多的东西。

2004年，政府筑村台、迁新村的消息传到西竹林村。43岁的刘富旗听到消息后，将信将疑。

6年后，新村台筑好可以搬迁了，刘富旗却犹豫起来。故土难离啊，在老房子里住惯了，迁到新村到底啥样，他心里没底。按照政府的设计规划，盖新房至少得花20多万。

刘富旗找到几个生产队长一合计，决定抵制搬迁。那段时间，从乡到村，各级干部没少在刘富旗身上下功夫，还专门驻村蹲点做他的工作，有过口角、有过争执，但更多的是解释和商量。

"都是为了住得更好、更安全，我也理解他们。"刘富旗说，看到政府按工期如期完工，并且说到做到，给群众的补偿一分不少，他也渐渐安心了。

2012年，刘富旗终于打定主意。他领到了政府发的4.8万元住房补贴，自己再添上十来万，盖起了现在住的两层小楼。从阴暗潮湿的老房子搬进宽敞明亮、带院子的两层小楼房，他很后悔自己当初的抵制行为。

现在，刘富旗的两个儿子在外打工，一年能给家里攒下几万块钱。刘富旗负责照看全家9口人的27亩地，日子一天比一天好。

新房住上了，安全了。还要这条船干啥用呢？老刘就把那条宝贝船卖掉了。

老刘卖船，看上去是一个不起眼的小事，但是卖船本身，体现出一种自信——以后再也用不着撑船出门了。

黄河问，问黄河——问政于民

建筑村台，也引发了一场争论，在黄河滩区建筑村台，有水利专家担心，建筑村台会影响黄河泄洪。还有人担心，村台面积过大，会有安全隐患等等。

2017年5月6日上午，履新山东省委书记刚刚一个月的刘家义来到菏泽东明县长兴集乡找营村调研，走进村民马秋玲、刘进涛家中，实地察看滩区群众住房状况，在农家院落与村民拉起家常，详细询问家庭收入多少，翻盖过几次房屋，愿不愿意迁到新村，共同畅谈未来迁建新家园梦想。七号新村采取就近淤筑特大型防洪村台的方式，共搬迁安置周边5个自然村、1400户5120人。刘家义听取新村规划建设情况汇报，仔细了解建设周期和资金来源，走进村民刘会来家中，察看新房建设质量情况。他叮嘱当地干部，只有安居才能乐业，要积极做好脱贫迁建工作，让滩区群众都能住进安全富裕的新村，切实改善群众生产生活条件。

在焦园乡八号村台建设施工现场，挖掘机、推土机等大型机械正在紧张作业，清障平整工作基本完成。刘家义来到这里，现场察看项目施工进展，深入了解搬迁安置人口数量、村台防洪效果、施工周期等情况。他说，黄河滩区村台建设项目是民心工程，务必把质量放在第一位，统一规划建设村台和房屋，确保人民群众生命财产安全。有关部门要认真研究解决建设资金难题，通过减免税费、提供无息或贴息贷款等方式，减轻农民负担，确保项目建设有序推进。要着眼长远考虑，从满足群众需求出发，提供多种户型、楼层选择，为群众未来发展预留出空间。

下午，刘家义主持召开黄河滩区脱贫迁建工作座谈会，他强调，要加强领导，统筹规划，统一设计、统一招标、统一建设、统一监理、统一验收。一是科学规划，加紧编制方案，明确路线图、时间表，确保2020年前全部完成黄河滩区迁建工作。要正确处理好滩区迁建和新型城镇化建设、黄河行洪、群众脱贫的关系，提前谋划、加强协调、同步推进，既联系实际解决当前问题，又要为未来发展留足空间。二是分类迁建，根据各地不同情况和群众意愿，分类实施就地就近筑村台、外迁安置、筑堤保护、老旧村台改造提升、修建撤退道路。三是确保质量，采用统建方式，在建设村台和房屋过程中加强管理，严格考核，真正做到"粗粮细做"，在节约成本的同时保证质量和安全。四是统筹资金土地，在积极向国家部委争取政策支持的同时，加强省有关部门和各市县乡村的协调配合，统筹研究解决办法。要加快进度，提高效率，省发改委负责牵头协调一揽子审批有关工作，省财政厅负责牵头协调一揽子税费减免工作。五是加强产业规划，搞好多种经营，发展特色养殖、乡村旅游、农产品加工等，让群众稳得住、能致富，确保如期完成脱贫攻坚任务。

时任山东省人民政府省长的龚正也多次到黄河滩区调研，问计于民，研究对策措施。

随后，加快实施黄河滩区脱贫迁建摆上了山东省委、省政府的重要议事日程。

智慧在民间，滩区农民永远是最了解黄河的，尊重滩区农民的"实践权威"，尊重农民的自我选择权利，这是明智的决策。坚持马克思主义的群众观点，尊重人民主体地位和首创精神，就要植根于人民，注重从人民群众的实践中汲取养分，不断推进实践和理论创新，这是我们党的历史使命，也是我们党的历史经验。黄河滩区脱贫迁建的一个成功经验，就是尊重滩区群众的主体地位和首创精神。

黄河问，问黄河——问政于民，问出的是民主决策，问出的是政府虚心纳谏的胸怀；问需于民，问出的是民生期盼，问出了造福百姓的承诺；问计于民，问出的是民意汇集，问出了吸收民智的通道。

泥沙夯成的"航母"底座

2019年5月7日中午，我们来到位于焦园乡的八号试点村台，看到这里正在进行紧张的强夯作业。他们这是在打造"航空母舰"，泥沙自然沉降，需要8个月，但是，即使这样还不符合检方要求。怎么办？施工人员正在用强夯机（装有重15吨的铁块）再夯，强夯机将铁块举到15米高，重重落下，一下一下地夯实，夯实，再夯实。我们听到强夯机发出浑厚的响声，地面随之震动。

焦园乡副乡长汤晨杰介绍："这个村台占地929亩，搬迁安置4个行政村、5个自然村，共1537户5345人，计划5月底开工建设。"

一般的村台面积在600亩到1000亩之间，需要抬高至少5米以上。工作量极大，需要大量的河沙，我们看到一根直径315厘米的铁管子，哗哗地吐着混浊的黄河水，水淌出10多米后，逐渐变清。"这样把泥沙沉淀下来了，用黄河的泥沙淤筑防洪村台，能大量节省资源和成本。"河南禹顺水利工程有限公司的刘然介绍说。

吹沙管道，在村台上蜿蜒着过来，像一条古铜色的长龙，这条长龙从黄河那里过来，绵延9公里呢。就是这条长龙，日夜不停地往这里输送着泥沙，换言之，它在运送着"航空母舰"的零部件。

"为达到村台建筑的密实度，要严格把控时间，填筑完成，经过半年以上的沉降，变结实牢固后，才能在上面建房。"山东省科源工程建设监理中心监理工程师张树平说，"村台周围的排水沟、防护林、撤退道路，样样不能少。"

"黄河岸边，一艘艘永不沉没的航母，将建成一个个魅力十足的村落，一个个村落将成为镶嵌在黄河边上的明珠。"东明县县长张继争说。

2019年5月23日，东明县专门召开黄河滩区居民迁建工程村台户型评审会。各设计院拿出了各具特色的村台户型图设计方案，并站在不同的角度、层面，结合各村台实际，围绕迁建村台空间结构、用地布局、综合交通等方面发表了各自的意见、建议。

所有的设计，切忌千村一面，目标就是："一台一韵，一村一品"。无论是设计风格，还是设计理念，都突出农村风情，彰显当地特色。充分尊重当地民情风俗，在整体布局和外观设计上，注重村庄间的差异性，因村施策；同时，在户型结构上，要多征求群众意见建议，完善户型设计方案，以更高的标准，更加科学的理念，满足大多数群众需求。目前大村台已初现雏形，结合黄河文化和乡村旅游业发展，东明着手进行台顶工程规划，已完成9种户型设计。

走在松软的刚刚吹出的村台上，我们仿佛看到了一座座别致的房屋，仿佛听到了滩区百姓的开心的笑声。

第四章　村台：显才的舞台，干事的平台

2019 年 5 月 30 日，东明县焦园乡八号试点村台社区工程建设启动时，焦园乡党委书记张建国眼睛里噙满了泪水。

张建国这位 40 多岁的硬汉子对我们说："一个人在最适合干事的年龄，碰上了滩区扶贫迁建，这是幸运。工作中，我们先后克服恶劣天气跨河施工作业难、黄河持续高流量吹填难等问题，确保了整个工程稳步推进。为早日实现出沙，我们连续多日盯在一线，渴了喝一口凉白开，饿了吃一碗方便面，累了就在工地上迷糊一会儿……"

为让黄河滩区的 11 万多群众从根本上摆脱洪水困扰，实现迁建脱贫，整个东明县共需新建 24 个村台，其中两个实验村台已于 2018 年 1 月完成吹填，进入自然沉降阶段；一期 12 个村台，2018 年 11 月底都完成了吹填任务；二期 10 个村台正在有序推进。

我们看到，大的村台占地 1000 多亩，有些地方需要动迁民房，但筑好村台、建起新房最少需要 3 年，不少村民刚开始有很重的抵触情绪。围绕动迁，发生了许多感人的故事。

他咬破中指，摁下了8个血手印

长兴集乡李烁堂的村民调解委员会主任樊铁创，右手的中指上有一个伤疤，这是他自己咬的。因修建村台需要先拆迁 14 户村民的房子。村干部摸底了解到的情况是大家都有顾虑，不愿意拆房，本来就穷，更折腾不起房子。拆了房住哪里？何时能建起新房？樊铁创和其他乡干部们分组包队，每 5 人一组，挨家挨户做拆迁的思想工作。好不容易拆了两家，就拆不动了。他们找上级领导汇报拆迁情况，通过领导集体讨论后，按照扶贫拆迁的相关政策，为 14 户拆迁户争取到每户 3000 元的奖励补偿，前提是拆完房后，按照程序拨款补偿。

村民们不懂拿钱还需要走程序，他们认为应该一手拆房一手领钱，如果领不到钱房子就被拆了，将来找谁要钱去？拆迁当天，有几位村民围着樊铁创要钱，樊铁创耐心解释："钱领导已经批了，需要走程序，过几天就打到你们卡上。"村民们半信半疑。樊铁创继续解释，咱们要相信党，相信组织，共产党说话算数。既然已经同意补偿，大家都会收到钱的，只是时间问题。

那段时间，包村干部和村干部，吃不好睡不好，苦口婆心地做村民的思想工作，拆了 8 户。过了两天他们集体找樊铁创要钱，50 多人在大队部围攻，樊铁创只好再次安抚大家："咱们都是一个村的，抬头不见低头见，我是啥人大家心里都有数，你们还信不过我吗？我不会骗大家的。"

有几个村民情绪有些激动地说："你们把房子扒了，钱不给，我们怎么相信你！"8 户已拆房的村民更是跟在樊铁创的后面强烈要求："你必须给俺打欠条，摁手印！"

樊铁创按照村民的要求写了欠条，当时桌子上没有印泥。他拿着 8 张欠条说："欠条在这里，我不会赖账的，将来如果你们真的拿不到钱，算我个人欠你们的，我来偿还。"樊铁创之前在村里干过建筑队，手里有点积蓄，大家都知道他有偿还能力。他以为这样说，大家会信任他。

可村民们依旧不依不饶："摁手印！"樊铁创面对村民们愤怒和疑惑交织在一起的眼神，内心酸酸的，那眼神是对他人品的质疑呀。

樊铁创说："没有印泥啊。"

有个年轻人说："咬手指！"

几个人一起起哄："咬，咬……"

樊铁创看了看大家，一咬牙，举起右手中指咬了一口，钻心的疼让他立刻抽出中指，一看并没有咬破，只有几个深深的牙印留在指肚上。他心一横，再次把中指伸进嘴里狠狠地咬了一口，更强烈的一阵痛直击心底，他疼得哆嗦了一下，抽出手指一看，鲜血直流，这次他用劲太大了，咬掉了指肚上的一块肉，他立刻用血流不止的中指，分别在 8 张欠条上摁下了 8 个血红的手印。情绪激动的村民们安静了，他们呆呆地看着眼前的这一幕。

一个老者看着樊铁创的手指："你还真咬啊，傻孩子！"

"我也不觉得委屈，咱既然干村干部，就应该尽一份责任。在大家的努力下，拆迁工作进展得很顺利。"樊铁创说着，眼里泛起泪花。接着他又补充说："我感觉当时还是工作没有做到家，如果慢慢细心地解释透彻，让村民们都能听懂了，得到他们的理解，他们会通情达理的。"

今年 48 周岁的樊铁创，已于 2017 年写了入党申请书。他最大的心愿就是能尽快加入党组织。

闫金生彻骨的痛

目睹 43 岁的闫金生，这个在焦园乡干了 15 年的男子汉的泪眼，我们停止了提问，递上一张纸巾，拍一拍他的肩膀。父母因为他而猝然离去，这个结，他暂时还无法解开。

闫金生和父母一起生活。2015年12月11日，在县城工作的哥哥来看望父母。闫金生中午在单位吃饭时，给母亲打电话说，晚上回家吃饭。母亲说："你哥买了羊肉和各种蔬菜，你爸爸准备去买木炭，咱们全家一起吃烧烤，你可一定要回来。"他回答母亲，没问题。

作为乡扶贫办主任，官儿不大，但闫金生一天到晚地忙。2014年10月他接手扶贫工作时，扶贫办还没有成立，扶贫工作也就他一个人，白天忙管区工作，晚上忙扶贫那一摊子事儿，经常忙得回不了家。

他的父亲闫呈礼74岁，退休前是中学物理教师，一辈子要强，在他儿时的记忆中，父亲很严厉，每次他做错事，父亲都要揍他，直到他已为人夫、为人父，父亲还是以他的老眼光看他，好像他就没有做对过一件事，经常训斥教育他。

而最近他回家，再也没有听到父亲的训斥声，虽然父亲还是那么严厉，但父亲却总想听他说话，有时候会听他说工作上的事情，看父亲的表情似乎在听他喜欢的二胡曲一样。

那天，他陪妻子和母亲聊天，妻子说父亲脾气变好了。他说："我不在家了，他就不烦了。"母亲说："你父亲给你打电话你不接，都要我再打给你，接通时，他在旁边听，可能你经常不在家，他想你了。"忽然间，他明白了，父亲年纪大了，真的老了。从此后，不管忙到什么时候他都要回家，回家和父亲说会儿话，虽然他还是很严厉。

12月11日下午，他尽快完成了手头上的工作，想回家和家人一起吃团圆饭，上次和哥哥、父母聚餐是多久之前的事呢？他已经记不清了，他的工作实在太忙了！

下午下班后，闫金生准备回家，开车刚出大门，手机响了，通知明天有紧急任务需要加班整理材料。每年的12月是他最忙的一个月。他的工作涉及扶贫对象动态调整的各种报表，包括摸底材料的采集、核实，数字汇总，等等。每年的扶贫对象都有变化，已经脱贫了的要从名单上删除，新发现的贫困户够扶贫条件的要登记在册，纳入下一年的扶贫对象。"精准扶贫"就是要求"精准"，"精准"二字不是空话，需要大量烦琐的调查、排查与核实的工作来支撑，不能多报和漏掉一个扶贫对象。所有的资料形成数字报表，都需要年底报出。拖一天就无法记入当年的数据。

闫金生返回办公室，为了专心工作，还特意把手机调到了静音状态，忙完所有的工作，已经是晚上10点多，他开车进城，到离家不远的一个打字社，进行打印和整理动态调整材料和报表，直到凌晨1点多，打字社员工实在困了，和他说好明天一早再加班干活，要他一定早到。此时，他看了一眼手机，白天电话太忙，耗没电的手机早已自动关机了。他匆匆地赶回家，妻子魏宏霞一脸的不悦，生气他不回家吃团圆饭，也不接电话，最后手机还关机。妻子说，哥哥一家失落地走了，儿子也很不开心，父母已经上楼睡觉了。

闫金生无言以对，他们自己的房子还没有交工，现在父母跟着他们借住在姐姐家盖的小二层楼房里，因为冬天楼上采光好也安静，父母喜欢住楼上。闫金生很孝顺，平时下班无论多晚，只要父母没有睡觉，他都要上楼看看他们，和他们聊聊天。今晚他实在太累了，忙了一天，接了数不清的电话，晚上又弄了一整晚的文字材料和数字报表，此刻已深夜两点，头晕眼花。他看了一眼楼上已经熄灯，把手机充上电就睡了。

第二天早上8点，蒙眬中他接到打字社员工电话，他急忙赶到打字社开始校正材料，这些材料今天上午必须报出去。一直忙到9点多，妻子给他打电话说："你回家一趟吧，家里有事。"他当时的第一反应就是父母不知道谁又病了，平时妻子没有大事从来不打扰他的工作。他的父亲前几年得了脑梗以后，每年都住院打几天吊瓶，前几天就该住院了，因为闫金生忙，就拖了下来，他想等忙过这阵子再陪父亲住院。母亲王爱民70岁，有冠心病，心脏还安了一个支架。他急忙问妻子："是咱爸病了？"妻子回答："不是。"他又问："那是咱妈心脏病犯了？""也不是，你别问了，回家吧。"妻子说话的语气听起来很平静，但他能听出来她的平静不真实。他开车回家了，映入眼帘的是父亲、母亲全都躺在床上，好像睡着一样，床下有已经烧过的木炭痕迹。父亲、母亲永远地离开了他，他的世界一片空白，好像一座山轰然倒塌，压在他的身上，从此他再也不能听到父亲的责骂和母亲的唠叨了。

闫金生无法自制地流着泪，说起这段往事，他几次哽咽。

头一天晚上，闫金生的家人聚餐吃烤肉，父母坚持想等小儿子闫金生回家一起吃，可是打了两次电话，儿子都没有接，那时，闫金生的电话处于静音状态。父母留出闫金生最爱吃的烤羊肉，一直放在小炭炉子里保温。哥哥一家离开后，父母想用小炭炉里的余火保温羊肉，等儿子下班回来看着他吃上热羊肉，是多么开心的事情啊。他们把小炭炉拿到楼上的卧室，余火还可以取暖。后来两位老人睡着了，不幸一氧化碳中毒，他们永远不会再醒来了。

闫金生说，楼上父母住的卧室里有空调，也有电暖器、水暖气。可是老人就是节约惯了，总是不用空调和电暖器、水暖气。他们舍不得电钱。每次都是闫金生下班后上楼给他们打开空调，或者打开电暖器，他们才会用。往往是他一下楼，父母接着就关空调、关电暖器。

闫金生抹了一把眼泪，露出了一丝苦笑："说说我们的领导吧，他们比我更累。"

闫金生说，在乡镇里，大家都在干，你不干都不行。因为工作关系，他经常陪同张建国书记、潘成沛乡长去搬迁现场，亲眼看见了他们工作的不容易。"他们在用身影指挥人，而不是用声音指挥人。"

筑村台的第一步需要把黄河沙通过抽沙管道抽到指定的位置，最长的抽沙管道长达9公里。某一天，有段抽沙管道断裂，沙子从裂缝里喷出，几公里之外的抽沙管道头部接到管道某处断裂的信息后，却不能马上断电，因为断电后，沙子会滞留在管道里形成管道堵塞，管道就不能再用了。不断电，断裂处会源源不断地喷沙，只能把管道头部抬高，抽进去清水把管道里的沙子冲走，才能断电焊接管子。全程需要几小时，那天的天气很热，没有一丝风，管道穿过的玉米地里，玉米已经比人都高了，张建国、潘成沛和现场所有的抢修工作人员一样，反复穿梭在玉米地里，汗水流在玉米叶划伤的脸上，刀割一样地疼，他们全然不觉，管道修好后，他们的嘴上都起了燎泡，此时才感觉到脸也火辣辣地疼。这还不是最难的工作。

由于抽沙管道占用了村民们的耕地，闫金生经常陪着书记、乡长挨家挨户做工作，白天村民们种地找不到人，只能晚上去村民家里做工作。他们经常忙得吃不上饭，吃块干馍就着咸菜是常有的事，有时连干馍也吃不上，闫金生常为他们买方便面，有时能买到碗面，用热水一冲就是一顿饭，有时只能买到成袋的方便面，只好拿着到村民家里借人家的碗泡一碗面，书记、乡长一边吃泡面一边和村民们谈心。且不说工作着急上火，仅是忙得吃不上青菜喝不上水，嘴上起燎泡就成了那段时间的常态。

偶尔地，黄河滩区迁建的一线指挥员们，也会"幽"他一"默"，张建国书记，给闫金生发微信，称他为"阁下"，开个玩笑。比如有一则微信是：

尊敬的金生阁下：

寒雪梅中尽，春风柳上归。岁月如梭，光阴荏苒，不知不觉，眼下已是中（仲）春。你我天各一方，已有时日不见，甚是思念。

尊敬的金生阁下，中国梦、焦园梦、人生梦斑斓多彩，我们都是追梦人，怀揣梦想，奋力拼搏。追梦路上，有泥泞，有险滩，有激流，但是我们有着坚定理想信念，梦想一定能实现。

尊敬的金生阁下，人民对美好生活的向往，就是我们的奋斗目标。长期以来，你心怀大爱，全身战斗在扶贫一线，用青春谱写奋斗华章，你是心中的太阳。

　　尊敬的金生阁下，有句古话：石可破也，而不可夺坚；丹可磨也，而不可夺赤。不论其日多长，路多远，我们一定要在脚力、眼力、脑力和笔力上下功夫，担当作为，续写新诗篇……

闫金生笑着说："什么多日不见，甚是想念，昨天还在一起呢。"

朴素的战友情，泥泞路上互相搀扶着、帮衬着、激励着前行。枯燥的生活，就有了诗意，有了情趣，有了笑声，有了温度。

闫金生说到最后有些激动："扶贫工作累、苦，可我却乐在其中，有人说，你到底为了啥，其实在我心里面，我真的没有想那么多，我只想实实在在地为老百姓办些自己力所能及的事。曾经一位领导说过，当自己回首往事时，自己曾经为国家一项伟大工程奉献自己了，也不枉此生。我可能也是这么想的，脱贫攻坚，是一场战争，我参与了这场战争，当群众走出贫困时，作为一个乡镇扶贫办主任，也会为自己点一个赞。我想我父母在天之灵，也会感到欣慰。"

就是这样一群默默奉献在黄河边上的人，他们付出了自己的情感、精力，他们无怨无悔。

2019 年 8 月 2 日，山东省吕剧院大型吕剧《一号村台》主创人员来到东明县焦园乡八号村台项目建设现场采风体验，看到八号村台宏大的建设场面，听到建设中的一个个感人细节，好多情感丰富的艺术家，忍不住潸然泪下。

迁坟难，难开口

2017 年 5 月 15 日，东明县长兴集乡和焦园乡两个八号村台试点工程正式开工，成为全县滩区迁建工作的先行军、探路者。

两个八号试点村台，涉及 7 个行政村、10 个自然村、2839 户、9974 人。东明县扶贫办主任张中华说："迁建涉及群众多，群众是否支持，思想是否统一，是工作中摆在首位的大事。"

焦园乡武装部长、43 岁的郑强胜，除了武装部的日常业务外，主要精力也放在扶贫搬迁上。他对迁建政策太熟悉了，一开口就跟自来水一样往外淌："规划村台位置，要淤台，先清障。拆房子、占耕地、挪树木、迁坟墓，如何能不产生冲突，不发生矛盾！清点地上附着物，那是 2016 年年底，树一棵，胸径 10 厘米以上的，每棵补助 30 元，青苗每亩 500 元。有经营业务的房子，一平方米补助 50 元。临时租住房每年每户补助 3000 元……"他顿了顿："迁一座坟头 800 元。这个难，难在不好开口。"

为了顺利完成清障工作，焦园乡党委书记、乡长和其他科级干部现场办公，现场指挥伐树拆迁，现场帮助群众搬迁。推广五步工作法：乡党委发挥一线指挥部作用，管区书记发挥冲锋号作用，村支部发挥战斗堡垒作用，支部书记发挥红旗手作用，每名党员发挥宣传车的作用。

还说迁坟的事儿。70 多岁的老党员刘书堂家的祖坟，第一次规划村台时，要求搬迁，刘书堂二话没说，就搬迁了。黄表纸一烧，将亲人的遗骨起出来，到村台规划的范围之外安置好。

郑强胜说："可是，村台规划又有了调整，村台面积扩大了。刘书堂老人的祖坟又被划进去了。这可咋办？管区书记、村支部书记、村主任谁也不好意思到老刘家去说，觉得不好意思，张不开口。因为在我们这里有个风俗，坟埋完了，不过三年，不动土，动土不吉利。这咋整呢？"正在作难着，刘书堂自己推门进了村委会办公室。大家都愣住了。

他说："我家的坟头还碍事？那就迁吧。"

郑强胜说："这看上去是个小事，但绝对不小。他心里不煎熬吗？刘书堂他自己通了，不行啊，还有家族的人呢，都得同意啊。刘书堂是自己作难啊，什么叫顾大局？这才叫顾大局啊！"

还有荆东村的李坤彩，也是 70 多岁的老党员，他们家族大，祖坟多，李氏公墓，占地两亩多，有围栏，有凉亭，有祭台，说扒了就扒了？但他提前做工作，开家族会，白天都忙，晚上开，一家来个代表，一时想不通的，李坤彩到家里去，晓以利害。他说："大势所趋，不能阻挡。老李家的家风，就是顾大局，祖先会同意我们的做法的。"

可是，荆东村的 80 余座坟墓，群众同意搬迁却无处安放，这可急坏了村干部。汤庄村支部书记汤宪灵得知这一情况后，动员群众把村里一块荒地划出来，集中安置荆东村迁移的坟墓。荆南村支部委员黄迁伟顶住亲属的压力，让荆东村的 3 座坟墓迁到自己家的承包地上。

迁一座坟，就是一个故事，一缕青烟里，黄表纸化作黑蝴蝶在孤坟上空盘旋着，盘旋着……

"咱不带头，谁带头？"

陈建彪是荆东村支部书记陈彦彬的侄子，2016 年，刚刚借了十几万块钱开了一个小饭店，但是地脚在村台范围之内，需要拆迁。陈建彪求自己的大爷，能不能不拆，我账还没还上。

陈彦彬说："孩子，咱不带头，谁带头？你大爷是支书，人家都看着咱呢！"

没法子，拆！拆的时候，陈建彪眼睛都哭肿了。这个刚拿到厨师证的小伙子，正准备大显身手呢，遇到了这个大坎儿。

现在陈建彪在村台边上搭建了一个临时房。拆房时，每平方米补助 50 元，旧账还没还上，又有了新账。侄子一开始也是埋怨他这个当支书的大爷，没沾着光，反而受了连累。陈建彪如今慢慢想开了，乐呵呵地开着自己的小饭店。

陪我们采访时，陈彦彬说，很对不起侄子，瞥一眼侄子的简易小店，他一直没进去看看。

在新村台位置，有荆东村主任李敏杰的厂房，他侄子2016年投入27万元也在那儿盖了一间厂房。就在他们想大干一场的时候，新村搬迁的消息传来。

"听到这个消息，我第一反应肯定是不同意，刚建起来的厂房哪能说拆就拆？"李敏杰的侄子说，"后来，我叔主动找我谈。为了新村，他带头拆了，我觉得也应该拆。"

"党支部就是一座座堡垒，党员就是一面面旗帜。只要方法得当，群众是最通情达理的。"东明县委书记魏琳说，"省委省政府这样支持滩区迁建，我们基层党员干部没有理由不尽心尽力，这是为党旗增光，为扶贫添彩。"

在黄河滩区工地采访，无论是领导，还是普通干部，无论是专家，还是普通群众，他们都加了班，受了苦，受了累，甚至受了伤，为什么谈起来，依然激情满怀？

为什么大家感觉，最忙最累压力最大的时刻，恰是最充实，最有意思、有意义的时刻？

他们全部都动起来了，模糊了局长、副局长、科长、副科长、科员、主任、副主任的界限，甚至模糊了年龄界限、性别界限、资历界限，隔阂没有了，摩擦没有了，矛盾没有了，他们都成了协调员、保障员、服务员、监督员。服务滩区的能量瞬间被激发出来。过去的牢骚没有了，扯皮没有了，埋怨没有了。他们寻到了"根"，摸到了"本"，唤回了"魂"，理解了感恩。一句话：滩区人民对美好生活的向往，就是我们的奋斗目标。

第五章 从黄河滩区到黄河社区

由西向东流淌的黄河，一臂环绕转北，将鄄城县董口镇鱼骨村揽于黄河西岸的怀抱中。黄河河道来回"滚"，不舍昼夜，鱼骨村几次被黄河水切糕一样"咔嚓""咔嚓"切到了河里，看着曾经住过的房屋和种过的树木、庄稼淹没在洪流中，老百姓只能擦干眼泪搬来搬去。最后，饱经沧桑的鱼骨村一分为二，西鱼骨归了河南省，东鱼骨归了山东省。黄河的持续追赶和行政区划的变更，给老百姓带来的不方便和不安全感，可想而知。受家庭收入低和办学条件差的双重制约，滩区人口文化程度偏低。

鱼骨村成了孤岛，与董口镇的连接之路，就是晃晃悠悠的浮桥。汛期浮桥不通，绕道东明黄河大桥，要走87公里；绕道走高速，要走110公里。学生过浮桥，常常在载重大货车的夹缝里穿行，无形中增加了风险。每到黄河汛期，浮桥拆除，学生只得被迫提前放假。

2019年11月3日，在夕阳中，我们站在浮桥上，看到正在喜气洋洋地忙着搬家的人们。浮桥下，是深流的河水，扭着麻花一样的波纹北去。

鱼骨村高高低低的老房子正在拆除，倒塌了的院墙，曾经承载着几辈人的记忆。村民站在村头，脸上的表情很复杂。有喜悦，也有留恋；有憧憬，也有乡愁。

村民冯再峰还没搬，在院子里用大铁锅煮肉，大块的猪肉煮熟了，再抹上一层蜜，经过油炸，香气四溢。"搬到楼上，就不能这样煮肉了，这是村里的吃法。"有人在用手机录像，这录像也将成为未来回忆的符号。

鱼骨村的名字有来历。相传明朝初年，有一条黄河大鱼在岸边搁浅，鱼大如屋，村民们早晨醒来，赶到河边，看到奄奄一息的大鱼，想帮大鱼重新入水，却搬不动，眼睁睁看着它死去，遗下的鱼骨，骨架如椽，聚居于此的百姓就把这里喊成鱼骨村。

在村里，至今还有鱼骨庙，香火不断。

但在这里，水患是人们最伤心的记忆。

黄河一冲，兄弟四个分属两省

78 岁的李志才老人身体硬朗，他坐在马扎上，跟邻居喝着茶水闲扯。李志才黝黑的脸庞，看上去也就 60 出头。他说自己是叫黄河"撵"的，撵出了一身力气。

李志才一家是 1949 年从平原省昆吾县房常治村迁到鱼骨村的。李志才是革命家庭，父亲 1938 年入党，一直当村干部。哥哥 1940 年入党，14 岁参军，19 岁牺牲，他家的光荣牌子一直挂着。他很珍视，有一点灰尘，他都要仔细擦拭。他在村里当了多年生产队长。现在他儿子李克印干村委会主任。

1964 年李志才和村民被从河东撵到了河西。1967 年那场水很大，属于特大洪水，村庄的街道上过船。洪水下去，由于黄河水含沙量高，村子被抬高了 3 米。村干部挨家挨户做工作，让搬家，老百姓穷家难舍，故土难离，都在这里熬着。"在滩区过活，就是在鸡蛋壳里过生活，一滚一个烂，今年分给你二亩地，明年让黄河吞了，没了。你得再想法子。天井里竖着要饭棍，随时准备要饭呀。秋季的庄稼，你别想收，黄河水上来，就淹没了。也就收个春季。河滩地是沙地，犁下一道沟，就下去了，撒种，小麦最高产400来斤，低产200来斤。"

"我爷爷兄弟4个，黄河大水一冲，这边俩，那边俩，兄弟4个分属两省。那是1951年，我9岁。现在，我的侄子们，在山东一帮，在河南一帮，有大事，就过来过去。过年拜年，他们也过来给我磕头。这次搬迁，河南的我的侄子们往西搬，搬到濮阳那边。咱们是往东搬……"

李志才说，早些年就是混穷，黄河沙土能消毒，小孩子得了疮疤疖子啥的，用黄河水洗洗就好了，或者用烧热的黄河土烙烙就好了。他们就结伴把黄河沙土装上船，到济南去卖沙土，一布袋一布袋装着，一天到不了，夜里在船上晃悠着，比陆运省钱。

还有，就是把大粪晒干了，一麻袋一麻袋的，装船，卖到济南的城郊。这叫大粪贩子。"老百姓穷啊，干啥的都有。妇女要饭的很多。"

李志才记得十几年前，碰到一个60岁的妇女到河南去看婆婆，她是改嫁到河南的。李志才说："这个妇人命苦，当年她嫁给了一个11岁的男孩，她就对小男孩说，我现在不嫌你小，等将来了，你别嫌我老。可是，这个小孩不长命，不等她变老，他就死了。妇人又改嫁了，生了5个儿子1个闺女，拖拉着要饭棍，要饭要了好多年，跟我们这里的人都熟了。她还活着，还能去看婆婆。"

李志才说，这个妇人要活着，也得80多了，这次也能搬到楼上去。"黄河边上的女人啊，比男人还苦。该让她们上楼，享享清福。"

60年前，李志才打烧饼偷着卖。他的打烧饼生意是跟姥爷学的，面、芝麻、油、胡椒，包括木炭，都有讲究，怎么配比，什么火候，李志才说起打烧饼眉飞色舞。"那时都是偷着放在筐箩里，或者小提包里，到集上去卖。"老李的烧饼，在当地小有名气。

后来村里搞副业，他就给村里打烧饼，半公半私，他的小日子就比村里的人好一些。

老李打烧饼用的铲子、炉子、托子，都还保留着，他到自己的房子里扒拉了一会儿，把这些家什拿出来，用牛皮纸包着。尽管生锈了，但是磨磨还能用。

要搬到社区去了，他想如果政府允许，就在小区开个烧饼小店，过去的手艺还能用得上呢。他的老伴一撇嘴："谁稀罕，再来收破烂的，我给你卖了！"

"你敢！你卖卖试试？"老李的犟脾气上来了，从马扎上起来，又把这些家把什重新包好，放回屋里。

我们在村里随机采访，在胡同头上，看到一个高个，他叫冯文群，是个光棍，十几年前，说了个媳妇，后来人家嫌穷，跑了。过去村里的光棍多。现在搬迁了，冯文群看到了希望。

"在河西住，找媳妇难，本地小姑娘不愿意过黄河，往大堰里来住。谁愿意受这个洋罪！后来小伙子天南地北出去打工，带回来的媳妇有四川的、山西的、云南的、黑龙江的，还有印尼的、巴基斯坦的。现在不隔河了，媳妇就好找了。"村民李宝银说。

69岁的高贤彪开着三轮车过来，车上绑着20只羊，他这是要去镇上卖。当羊倌六七年，也该歇歇了。他说，搬到黄河社区，他要了两套房，一套110平方米，一套85平方米。

一条狗想它的主人，横渡黄河，游了一夜

村委会主任李克印一提到搬家，眼里就噙着泪水，他说："我记得1976年发大水，那浪头滚过来，啥叫灭顶之灾，那才真正叫灭顶！街上的水有几米深，浪大得吓人，房屋都给冲塌了，村民坐船到大堤上避难。满眼都是水。还有1986年、1996年，水都很大。建起房子来，也住得不踏实，半夜里，常常惊醒。"

李克印的父亲李志才忍不住插嘴说："我这辈子没干啥事，除了打火烧，就

是搬家，掐指算来，搬了4次，搬穷了，搬怕了，这次搬进社区，上楼，不用再搬了！"

2019年正月十五日，是鱼骨村民在村里过的最后一个元宵节，家家户户提前一天挂上红灯笼。

一大早，老婆婆、老嬷嬷、大闺女、小媳妇就携带准备好的元宝、炷香陆续赶到鱼骨寺，一会儿，围满了没有院墙的寺院。男女老少，各有所思，但都是在祈福纳祥。有位大娘行动不便，家人用轮椅推她而来，手中的一炷香点燃着。缭绕的香火，在人群中格外显眼。

场子里响起了"莲花落"。"莲花落"是一种说唱兼有的传统曲艺。开口的，是邰春鹏的"莲花落"《共产党好》《订婚难》，自说自唱，自打七件子伴奏，感情真挚，直抒胸臆，语言诙谐，生动风趣，通俗易懂。姐妹们在激昂行进的器乐声中，打起了腰鼓，释放幸福与激情。这一幕，让山东艺术学院的教授们拍了下来。

寂静的鱼骨庙，迎来了最热闹的时刻。

我们走进79岁的冯文修家时，他正在发愁，他马上要搬家了，可是他养了11年的狗，却无法带到社区去。邻居提出替他给杀了，他听了，再也不跟那人搭腔。孩子们要他卖了，他说不卖，卖给杀狗的，亏心。一只黑狗趴在狗窝里，老冯蹲下来，摸着黑狗的耳朵。

"我一辈子，就没断了养狗的日子，我喜欢狗，跟狗有感情。我是狗命。往上数20年，我还在黄河东给徐楼村当会计，晚上就住在办公室，那阵子农忙，账目也多，就没顾上回家。你猜怎么着？我养的狗想我了，有一天早晨，天刚露明，我推开门，看到那条狗趴在门口大喘气，浑身湿漉漉的，它从西岸游到了东岸，黄河多宽？有五六里地。这条狗游了一夜啊。水那么急，我当时啊……"冯文修说着说着就抹起眼泪。老冯说，那条狗趴在他面前，狗眼里有泪，他眼里也有泪。他给狗擦眼泪，狗的爪子抱着他的腿。

老冯说，他村里有个叫冯店力的，横渡过黄河，水性好，游了五六个小时呢。

冯文修是老党员，1963年当兵，体检都过了，可是乡里要用他这个"秀才"，不放。1973年就在乡里当会计，老冯心灵手巧，珠算那是一绝，后来，他成了董口镇第一个使用计算器的人。

他干啥都积极，年轻时在黄河边上抢险，砖打垛，抢着搬运，他都是冲在前面。围着屋子搭台，都是先给人家干，最后是自己干。

他早就盼着搬迁了，村里刚开完动员会，他就把喂了十几年的羊全部卖了，新盖的房子花了好几万，要拆了，也就是象征性地开了个500元的价格。500元就500元，反正到社区有楼房住了。老冯领着我们到新盖的房子那里看，新房果然是新房，一天都没住。新房边上还新栽了银杏树。

好多村民有意见，他说，一定相信政府，政府不会让咱们吃亏，政府就是想改善咱们的生活。"按照政策，搬迁的村民，每人补贴三万六。这说明啥，国家有财力了，国家穷，拿得出来吗？咱得这样想，别老想自己鼻子底下那点鸡毛蒜皮。"

他很羡慕许海花，在村里，许海花第一个报名搬迁，第一个交定金，第一个选房。她选了6号楼1单元202室，110平方米。那天在协议签订结算处，许海花郑重地在《鄄城县董口镇黄河滩区外迁工程购房拆旧协议书》上写下了自己的名字，摁上了红手印。

老冯看在了眼里。老冯对自己要求严格，处处不落后。

"可就是舍不得那只狗。"老冯的老伴、76岁的许盼香说。她和老冯1961年结婚，当时婚房在黄河东岸，房子又矮又小，是打土垛墙，整个房子没有一块砖头。她生了三男两女。"这个房子，是俺大儿结婚那年盖的，也30多年了。"我们看到他们的这个房子，院子比大街还低，如果下雨，大街上的水就往房子里灌，老冯只能在房子边上挖一个沟排水，雨水来了，引到屋后面的大湾里。

一说到狗，老冯眼里就放光，他有一大堆"狗故事"，他大半辈子养了十几条狗。有一年他养的一条狗被人偷走了一年多，他日夜地想他的狗，出去找了半个月，没找到。原来偷狗的，用铁链子把狗拴着了。谁料想，那狗磨断铁链子，又回来了。那偷狗的胆子也大，居然来寻狗。老冯说："狗要是跟着你走，就是你的。"那人灰溜溜地走了。

"搬进社区很好，可就是不能养大狗。只让养宠物狗，那叫耍物，叫玩具。哪能叫狗？我养的狗，亲戚来了不咬，熟人来了不叫。"

2020年4月26日上午，我们又打电话给冯文修，询问他的狗咋整了？冯文修说："卖给河南省一家养羊的大户了，我跟他说，你别杀它，就让它给你看着羊，人家答应了。"

"卖了多少钱？"

"啥钱不钱的？我给狗找到家了，心里安稳。狗不愿意走，爪子扒着地，老伴看着我难受，就把我支开了。人家塞给500块。我心里不舒坦。"

老冯说现住在黄河社区31号楼2单元301，85平方米，邀请我们去他的新家喝酒，他会继续讲他的"狗故事"。他说："狗啊，除了不会说话，啥都懂你。"

"我那狗一定伤透心了，以为我要遗弃它。只要养狗就应该对它的一生负责。唉！"说完他长长地叹了一口气。他又说："以后再也不养狗了，老了，经不住了，心口撕裂一样地疼啊！"

我们又想起了老冯养的那条狗曾经因为想他，游了一夜去看他的那一幕。

黄河滩区搬迁，哪能用一句话概括，哪能用一两个镜头展现。牵扯到方方面面，扒了屋顶地基在，扒了地基影子在，打断骨头连着筋，搬不走的胡同存着乡音。搬迁是连根拔起的撕扯，牵扯到人，甚至狗……

我们问老冯习惯住楼房了吗？老冯说："还是搬家好，一是干净，二是方便。2019年，黄河浮桥拆了8次。晚上有人得急病，赶上浮桥拆了，只能往40公里外的河南省濮阳市的医院送。搬到新社区，离卫生院几百米，再也不用绕道了！"

"刚捞上来一个老婆子，她又往河里跳……"

往事如烟一般缥缈，但往事留痕，有时痕迹还很深。

多年前，鱼骨村村民乘船过河，还发生过翻船淹死人的事。77岁的老人冯再立从1973年当村支书，一直当到2001年，说起1987年翻船的事儿，至今心有余悸。

在翻船事件之前，他们村有个木船，村民坐着木船来回种地、赶集，木船使用率太高，不堪重负，后来木船的桅杆断了，砸死一个人。

不能没有船啊，咋办？村里就商量，大家伙凑钱，定制了一个铁船。鸟枪换炮，鱼骨村风光了一阵子，坐着铁船很爽。

出事那天，风很大。村民从黄河西岸到东岸去。"那天是王世明卖票，船满了，撵人撵不下去，来一个，上一个，连装粮食的小推车、骡子、马、驴，都上了船。我也上去了，眨眼工夫，船沉下去了，人顺着黄河往下漂，露着头发，牲口呢，露着毛。先救露着头发的人，老婆子穿着棉裤，棉裤的水喝不饱，不沉底。刚捞上来一个老婆子，她又往河里跳，说俺闺女还在里面呢。驴不会游泳，都淹死了。想想太可怕了。那次淹死了八九个人。"

42岁的冯再国说，他当时在河边挖野菜，是个初春，野菜刚钻出地面，不好挖。他听到河里的人大叫，一抬头看到船翻了，满河哭声。

董口镇4个厨师，本来从东岸坐船到了西岸，准备去河南省做菜，下船后，亲戚开车在东岸喊其中的一个，已到达西岸的他，又上船返回东岸，结果淹死了。

卖香油的李治才，外号叫"二香油"，他说，那次是铁船与河头对着了，船应该迎着河头走就没事了。那天风太大，一家伙就翻了。

卖票的王世明那次也淹死了。那一天是鱼骨村最黑暗的一天。

那一天是鱼骨村永远的痛。

时光荏苒。让人欣慰的是，王世明的儿子，现在是扶贫县长。

冯再立说："我这一辈子，盖了5次房子。有一次水大进村，屋里没法住了，我就在两棵树中间搭上板子，睡在上面，翻身一不小心就会掉进水里。这样的日子，以后永远不会有了。我活到了好时候，共产党给了我一个愉快的晚年！"

过浮桥，漫长的 5 分钟

我们在黄河滩区采访，发现每个古村的村头或村中，都会有一口"井"，那井水，一定与黄河连通，但村民都会钟情于井水。在鱼骨村，村委会主任李克印的家后面，也有一口井。搬开盖在井口的石头，探头往下看，大约有十几米深。

李克印说，当年全村人都吃这眼井里的水，最兴盛的时候，这里就是鱼骨村的天安门广场，是人员聚集的地方。现在的井口，离原先的大井口，有五六米，一发大水，宅基就垫高一次，井口也跟着越来越高。在鱼骨村，四五米的深坑很多，就是挖土垫台造成的。

"井"最常见的符号意义即代表了家国故园，自古就有"背井离乡""乡井"之说。《周易》的"井"卦，卦辞是："井：改邑不改井，无丧无得，往来井井。……"井，在村里是一个标志性存在，风吹不走，日晒不干。

"井有四德之美，养育之德，谦虚之德、坚贞之德、洁净之德。村民都感激这口井。水的温度冬暖夏凉，井的高度长年如一，变化不多，你可以背井离乡，但井永远守在原来的地方，等你归来。"李克印说，"可是，这次是彻底要告别这口井了。"

李克印说，搬到新家，还真梦到了那口井。

李克印的印象，除了"井"，就是浮桥。

过河不安全，往来村和镇驻地仅靠一座浮桥。浮桥汛期不通，原本直线距离四五公里的路程，绕道东明黄河大桥，要走87公里；绕道走高速，要走110公里。去年，浮桥拆了8次。

李克印说："村里的孩子都在董口镇驻地上学，今年河汛期间，浮桥暂时拆了，镇政府只好包了两辆公交车，绕道高速把孩子送到村里。正赶上高速堵车，从下午4点出发，回到村里已经晚上9点了。家长都惶惶不安，怕孩子有个闪失啥的。有的家长，干脆在学校里给孩子打地铺睡了一星期。以后不用这么麻烦了，出门就是学校。"

2019年11月21日上午，络绎不绝的电动三轮车，满载着家具和希望，从鱼骨村驶出。他们排着队过浮桥。

过浮桥，仅用5分钟，但这5分钟，鱼骨村的村民觉得漫长。这5分钟，有拥堵，有等待，有焦虑。以后，不会再有这5分钟了。

过黄河浮桥前，64岁的杨俊凯停下车，回头看了看村庄。"真搬走了，还真有点不舍得。但我经历过发大水，房屋冲毁，攒钱、垫台、盖房、还账，我这一辈子，先后盖了5次房子。还是搬走住楼安全、舒心。"

在社区里，我们遇到了91岁的张大娘，她刚赶集回来，手里提着3个馒头、一瓶醋、一瓶酱油。"过去住村里，一辈子没赶过几次集。如今出门就是集，真好。没想到我这90多岁的老婆子，还赶上了好时候。"

我们看到，黄河社区里建有幼儿园、卫生室、村民活动中心，附近有学校。"住上楼房，一步登'天'，再也不怕水了。搬进社区，看病难、上学难、就业难解决了，大家的路子更宽了。"村民都带着微笑拱手祝福。

黄河社区占地228亩，能容纳1116户、3718人。如今57栋5层楼房，排列有序。

我们看到潍柴动力董口镇黄河社区致富车间窗明几净，已经引进了发制品加工企业，村民在社区里就能就业。6个村搬完后将进行复垦、土地流转，发展产业。

黄河滩区边黄河社区，一字之变，地覆天翻。这一刻，鱼骨村人盼得太久了。

但为迁建，又有多少付出是无法用语言来形容的。

董口镇城建办主任张勇军是鱼骨村迁建的见证者，从征地、签协议，到房屋作价，到规划建设、质量监督，每一步他都参与了。

"为建黄河社区，需要用滩区的地置换张楼村、董口村的地。2亩滩区地，置换1亩滩外地。起初这两个村的群众不同意，一折腾就折腾了七八个月。刚开始时，坚决不让镇干部进村，进村就用棍子打。我们召集村里的党员、群众代表开会，晚上一开就是几个小时，统一大家的思想。然后通过党员、群众代表做群众工作，找村里的带头户，开协商会。对于还不同意的群众，通过他们的亲戚朋友分散式做工作，一家一家把工作做通。"

好事难成终能成。张楼村、董口村同意换地了，选的建黄河社区的地块，离镇政府驻地300米。但是需要迁坟60多座，在农村这是很难很难的事。"有一户村民，我们到他家里跑了十几趟，好话说尽，总算点头同意了。还有一户村民，全家人坐在坟头上，不迁坟。为啥呢？因为老人去世还不到3年，我们这里有个风俗，不到3年，不能动土，动土不吉利，董口镇镇长贾相军到他家里反复讲道理，一讲就讲到半夜，终于做通了工作。还有一户，没有合适的耕地当坟地，镇上又给协调，最后让迁坟者满意为止。有一户不满意，也不行。"

建黄河社区时，鱼骨村村民都瞪大了眼睛，盯着建楼的质量。张勇军参与了施工监管，而这也是老百姓最较真的部分。张勇军说："老百姓可有意思了，到了工地，钢筋混凝土的取样都要看。房子验收了，让他们来看，有的人拿着锤子使劲敲房子的墙，使劲掰窗户的把手。等到了自己分的房子，一点缝儿，也要问个明白。"

为了滩区搬迁，张勇军都瘦了一圈。

"我也是脱贫攻坚政策的受益者。"

42岁的冯再国，是搞粉丝生意的老板。我们喊他冯老板，他说："别这样叫，是个小老板，你就叫我小冯。"

冯再国是群众搬迁代表。别小看这个角色，他上可以跟县镇领导对话，下可以跟村民沟通。他是个头脑灵活的热心肠。这次搬迁，他起了不小的作用。

这3年，给他印象最深的是，到村里做工作，老百姓不买账，觉得他跟政府穿一条裤子。"被老百姓不认可、不理解，是最痛苦的事儿。"冯再国说。

2017年春节刚过了两天，镇上说，要筑村台，冯再国负责协助清障，一直到正月十五，天天到户里去解释政策。后来，筑村台的规划否决了，要搬迁到河东去，又要做工作。在滩区里住着不方便，可是一说搬迁，都不同意，毕竟祖祖辈辈都在这里。"咋办？没有法子，就得挨家挨户动员，你说我跟政府穿一条裤子也好，说不穿一条裤子也好，我就是咱村里的人，我要有私心、坏心，我还能在村里混吗？"

"群众工作做不通。这时，来了一个节点。2018年6月18日，黄河调水调沙拆浮桥，浮桥没了，村民的生活打乱了，主要是孩子上学没法办。大家都作难了。这时，政府派了两辆公交车接送学生，要转高速公路，得跑110公里路。6月25日学生放假，两辆公交车拉了接近100个学生，下车时，老百姓都自发地鼓掌。"冯再国说，"两个月之后，学生开学，咋办呢？又是政府想在了前头，联系了船，把孩子送过对岸。这一切，老百姓看在眼里，政府是说话算数的。这对顺利搬迁起了很大作用。"

最难办的一件事，让冯再国碰上了。60岁的村民高某，比较老实，但也偏强。前妻去世了，现任妻子户口不在鱼骨村，按照政策不能享受分房，但是老高就非要给分上，他天天纠缠，天天追着冯再国。"后来跟他协商，让他把妻子的户口迁过来。可是，他又说，妻子跑了，找不着。政策是个硬杠杠，不能突破啊。折腾来折腾去。总算妥当了。他说不要房子，要钱。可是，等分房子了，他又要房子……这咋办？一个萝卜一个坑，正在我们作难的时候，有一户不要房子了，就把这套房子给了老高。"冯再国说。

类似的事儿，冯再国经历得还真不少。

"说起来，我也是脱贫攻坚政策的受益者呢。"冯再国说。怎么说呢？

冯再国早先注册了个果品种植合作社，2017年，他种的100多亩红薯滞销了。眼看着辛苦种植的红薯卖不出去，很是上火。

冯再国脑子灵活，他去河南卖红薯时，看到有做红薯粉条的，就想家里贮存的那么多红薯也做成粉条就好了。红薯粉条不仅销量好，而且比红薯的价格翻了好几倍，冯再国当即在河南寻找了一位做粉条的师傅，让他帮忙加工粉条。

红薯打粉、漏粉，经过煮、洗、冻、晒等几十道工序，产品出来了。

红薯变粉条，冯再国华丽转身。

但粉条做出来了卖也是个难题。正当冯再国为如何销售犯愁的时候，帮扶鱼骨村的鄄城县公安局宣传科科长杨兆福出现了！

杨兆福在鱼骨村对口帮扶了5家贫困户，其中有1家为冯再国帮忙加工粉条，在走访贫困户的过程中，杨兆福得知了冯再国遇到的麻烦。

杨兆福主动到冯再国的作坊里考察了几天，最后建议差异化销售，即把粉条分成三个包装等级，一个用礼品盒装，一个用编织袋装，一个散装，客户可以根据不同的需求选择购买。

好事做到底，杨兆福上网查资料，了解粉丝销售情况，又帮着冯再国设计包装，联系了客户。没多久，粉条便全部销售一空，其中好多客户把来年的订单都提前预订了。尝到甜头的冯再国，第二年在村里流转了 240 亩土地，并全部种上了红薯。

杨兆福看重的是冯再国的带动能力。冯再国加工粉条需要 20 多名工人，种红薯的时候更是需要 80 多人，每次招工他总是优先录用村里的贫困户，助力贫困户早日脱贫。杨兆福说："这也正是我帮助冯再国的初心。搬得出，还得能致富。致福需要能人带。"

"我在这里一天能挣 60 块钱，还不累。前段时间，俺家搬到新楼上了，我都 60 岁了不仅能挣钱，还住上了楼。"鱼骨村村民吕桂云对我们说。吕桂云曾经是村里的贫困户，现在已经成功脱贫。

冯再国花 2 万元装修的房子，吸引了不少村民来参观。他信心满满地说："住进新社区，精气神都足了。我要把红薯粉条加工生意做大，我们的粉条久煮不烂，清香可口。因为种植红薯的基地紧靠黄河边，所以我给粉条起了一个很接地气的名字——'黄河滩'牌粉条。我要开专卖店，打出自己的品牌，带动更多乡亲们富起来。去年加工了 3.7 万斤粉条，今年要加工 5 万斤。这不，搬进社区，村里好几位在外面打工的年轻人要回来创业，社区的活力十足。"

冯再国热心公益事业，每年给每位孤寡老人一箱粉条，还组织村里春节晚会，在村里唱几天大戏，组织年高德劭的人一起吃个年夜饭。他的人气慢慢积累起来，他的搬迁代表分量也越来越重。

我们跟冯再国在浮桥上聊天时，50 岁的冯振清过来了，他喊着冯再国的乳名："小国啊，你这次办了件大好事，大家选房分房都满意。村里得有个操心的，没有操心的，老百姓吃亏。你看事准，你一个人本事再大，也搬不过河来，得靠党，靠政府。"论辈分，冯振清是冯再国的叔叔。

鱼骨村过河必将记入新时代脱贫攻坚的史册。当年刘邓大军渡黄河，也是在鱼骨村附近从西岸到东岸。离休干部郝从孟，是董口镇郝楼村人，他是渡河的见证人。他回忆说："大军过河时，我们的任务是组织群众，抢修道路，让大军顺利通过。那天下午，我在刘鸭子庄组织了70多名男劳力，天黑以后向鱼骨村方向靠拢。当我们走到张桥村东黄河大堤附近时，河西岸的大军已经开始抢渡黄河。敌人在河东岸打枪，解放军在河西岸开炮。炮弹落在大堤外边，炸得尘土飞扬。我们那几十个人都赶紧趴在大堤下沿，不一会儿，解放军登上了东岸，敌人都纷纷向东南方向撤退。枪炮声停了，我们继续向鱼骨村渡口前进。来到鱼骨村西北角，见一船一船的解放军从西岸驶来。但这时的黄河水不太大，船只靠不到东岸干地上，队伍下船后还得走几十米远的泥泞道路。我们马上分出一部分人分头到鱼骨、许楼等村收集麦秸、谷秸和高粱秆等柴草，一边运，一边铺，很快就把这一段泥泞道路铺好了。队伍继续渡过来，战士们踏着刚刚修好的干路，都说：'谢谢你们了！'有的还留给我们几粒子弹以做纪念。"

而今的鱼骨村过河，也是我们党组织群众、发动群众干成的。习近平总书记指出："人民对美好生活的向往，就是我们的奋斗目标。"这一充满深情、质朴真诚的话语，昭示了中国共产党以人民为中心的执政追求，体现了我们党一以贯之的念兹在兹的爱民情怀。

鱼骨村过河记，就是一本书，读它不能浅阅读、快阅读、碎片化阅读，而需要深阅读、慢阅读，还需要调动身体上所有的感官来阅读，调动所有的感官，并不是简单地用视觉、听觉、嗅觉去体察，而是全副身心地去感受和体验。

我们仿佛看到那条传说中的大鱼复活了，它为鱼骨村村民驮来了幸福。

第六章　守住父辈的"根据地"

2019 年 7 月 3 日下午，54 岁的高启臣对我们说，他想写篇文章，主题是透过两次黄河滩区搬迁看国家的实力。"我印象太深刻了，我们国家这些年确实富了，有钱办大事了，办得妥帖。"

高启臣现在是梁山县黄河滩区迁建指挥部的工作人员，原来是梁山县自然资源局赵堌堆乡分局副局长。他在黄河滩区工作了近 40 年，这里的一草一木，他都熟悉，都感到亲切，他亲眼看见了这里的巨大变化。

抗美援朝老英雄说："你可别给我丢脸！"

1982 年，17 岁的高启臣参加工作第一站，就是黄河滩区的小路口公社，后来公社撤销，他到郓陈乡党政办干办事员。"在滩区，满天飞尘土，滩区树木也少，一刮风睁不开眼，嘴里都是沙子，我记得在村里吃饭，饭桌上都是尘土。那顿饭有炒鸡蛋、酱豆子，还有花生米，喝了一点酒。老百姓对我们那是真好，发自内心。但是太穷了。这里的麦子、玉米等收成也不好，虽然在黄河边上住，堤坝挡着，用不上黄河水。"高启臣回忆。

但是环境太差了，高启臣一看，这哪儿像个单位。他开始打退堂鼓。回家跟父亲高成义说不干了，在这里，将来连个媳妇都不好寻。"我跟父亲说，我那个办公室都漏雨，你得给我找一下，调到县城，在下面光喝尘土。"高启臣说。

高启臣的父亲高成义曾经抗美援朝，参加过多个战役，回国后，多次受到毛主席集体接见，他曾经担任梁山县小路口公社武装部长，在梁山县赵堌堆乡政府退休。他的好多老部下，都是那里的干部。听了儿子的话，高成义说："那里是我的根据地，你可别给我丢脸。这也是磨炼你，对你的成长有好处。你待上几年，体会体会。"

听了父亲的话，高启臣又回到了郓陈乡，一点点地干，从建乡到撤并乡镇，一干就是18年。找了个女朋友，女朋友唯一的条件是让他调回城里，高启臣也不是不想走，但是干着干着，对这里就有感情了，没办法，女朋友和他散了。高启臣最后找了一个农村媳妇。

"我待在黄河滩区，觉得这里人很诚实、很朴实，党委书记谢培元是我父亲的老部下，也帮助我，教育我。我慢慢就扎下了根。"高启臣当上了土管所长、司法所长。他变成了一个地地道道的滩区人。

高启臣一直住在农村，他是20世纪80年代初的国家干部，父亲还是领导，说起自己的选择，他说不后悔，工作有滋味，滋味全在咂摸。咂摸透了，就干着顺手了。

灰头土脸的土管所长

1996年8月上旬，黄河波涛汹涌，洪峰滚滚而来，花园口洪峰流量7600立方米每秒，滩区几乎全部进水，受灾严重。几乎是一夜之间，包围了山东省菏泽、济宁地区黄河滩区和河南省横阳市滩区的几百个村庄和几十万亩良田。那次洪水后，山东省实施了滩区群众第一次大规模外迁。

"那场洪水太大了，省里的领导来了，坐在冲锋舟上，看到滩区一片汪洋，大树只看到树梢露着点儿头，领导声音低沉地下着命令。不久，省里就决定滩区群众要迁出来。"高启臣说。

1996 年外迁安置，山东共外迁村庄 167 个，8.9 万人。此次外迁主要由地方政府协调采用换地的形式进行滩区内外土地置换，滩区 1.5—2 亩换堤外 1 亩土地，用于移民新村建设，建房补助为户均 3000 元。

"我当时干土管所长，主要负责给滩区村庄置换土地，滩区新立村庄，都是换的孬地，因为被换地的村，不可能把良田换给你盖房子，于是就换一些，像沙坑啦，苇塘啦，涝洼地啦等的地块。这样垫土找平难，增加了搬迁成本。因为换地，还换出了一些纠纷。我这个土管所长两头来回跑，夹在中间，有时很作难，感觉灰头土脸。"高启臣说，"好容易个人盖了房子搬出来了，但是种地不方便。最后，有些人又搬了回去。当然，也有好的，比如东西李村是滩区村，要跟陈集村换地，陈集村西南角有块好地，那里地势高，滩区的人立村，最不喜欢低洼地，就喜欢高地。咋办呢？摆个酒局，把两个村的支书叫上来，把话说透，就成了。老百姓大都是通情达理的。"

这才是真正的乔迁

在高启臣看来，第一次搬迁，很匆忙，有点儿应急，是将就，算不得乔迁，而真正的乔迁是最近的这一次。这才是真正的乔迁之喜。

乔迁典出《诗经·小雅·伐木》。"出自幽谷，迁于乔木"，鸟儿飞离深谷，迁到高大的树木上去。而现在滩区居民，是从滩区里，迁到高楼上去。能不高兴吗？

高启臣是这两次搬迁的参与者、见证者、目击者，他有发言权。他说，这两次搬迁对他触动太大了。具体有六点。

一是，国家搬迁的力度大了，原来是每户补助3000元，现在是3.4万元，比过去增加了十多倍。二是，节约了用地，原来是分散的，一家一户散落着盖平房，而现在集中盖，盖楼房，直接成社区。三是，位置选择好，原来多是坑洼地，边边角角，现在有的设在乡镇政府的驻地，有的甚至在市区立村。四是，为滩区群众办理了不动产证——房产证，老百姓吃了定心丸。五是，建筑质量高，原先都是自己建，乡村的泥瓦匠，互相帮衬着干。而现在是有专业资质的建筑队，全是竞标，谁的质量好就用谁来建。过去都是土打墙，而现在是钢筋混凝土，框架结构，能抗8级地震。还有暖气、煤气、无线网等等。最重要的是，在家门口就业，不用再回去种地了，土地流转了。

高启臣不善言辞，很少谈自己。倒是梁山黄河滩区迁建办公室负责人、赵堌堆乡党政办副主任梁久胜说了好多老高的情况。他说："从指挥部一成立，高局长就申请过来了，他对滩区熟悉，对这里的环境了如指掌。滩区搬迁试点时，他侧重于组织水电安装、楼梯安装等。两个社区相距8里地，高局长骑着电动车来回跑，为啥不开车，开车上沟爬崖不方便。他非常有责任心，要去看每一栋楼，每一个房间。"高启臣说："我在滩区这么多年，我最清楚滩区百姓的生活多么不容易，这是我工作的动力，我觉得应该好好干。"

在黄河滩区一晃37年过去，高启臣晃白了头发，从小高，晃成了老高，现在居然有小年轻叫他"高老"。他娶了滩区的姑娘，在滩区安了家，妻子跟他一样，都有着浓得化不开的滩区情结，他没有辜负父辈的期望，他守住了"根据地"。现在的根据地，已经今非昔比。

诚如高启臣的一个滩区老朋友、东雷庄老村支书张伙才说的："没想到我这近70岁的人，土都埋到脖子了，还能离开滩区，住上这么好的房子。真心实意感谢党感谢政府。"

有着 32 年党龄的高启臣，不忘初心，默默奉献，赢得了滩区群众的信任。他是滩区迁建工程的代表。事实证明，你努力付出的正能量越多，你获得同频的信息能量越大；你自己就会形成一个能量体、变成一个能量源。一个高启臣，感染和带动了多个踏实肯干的人，滩区人，就是通过他们的努力，感受到党和政府的温暖。

联系群众如鱼得水，脱离群众如水覆舟。你把群众捧在手里放在心上，群众把你记在心里。

第七章　传奇人见证迁建传奇

滩区"红娘"说端详

在梁山县贾庄郭蔡村社区中心位置的地上，卧有一块椭圆形的大石头，石面上刻着"幸福小区"四个红色的大字，字体流畅的行书，在炽烈的阳光下分外醒目，我们看着眼前的"幸福"二字，仿佛看见村民们洋溢着幸福的笑脸。

梁山县是济宁唯一的一个黄河滩区县，滩区面积43.4平方公里，内有22个行政村、20000多人口。由于受自然条件的制约，当地交通不便，资源匮乏，生活环境差，居民收入也远远低于全县的其他乡镇。2016年，山东省政府正式批复梁山县为黄河滩区居民迁建试点县，梁山县赵堌堆乡的郭蔡、贾庄和小路口镇的东雷庄3个村庄纳入了试点村。

2018年9月，梁山县赵堌堆乡的郭蔡、贾庄的368户合计1035人，迁入了新建的贾庄郭蔡村社区，又名"幸福小区"。小路口镇的东雷庄240户村民迁入小路口镇的新建社区。由此，608户村民彻底迁出世代生活的"水窝子"，搬进了居民楼。

"幸福小区"共26栋居民楼，1栋社区服务中心楼。70岁的蔡月萍居住在15号楼2单元的201，她是远近闻名的媒婆，说成的婚姻超过100对。我们采访她时，她正在忙活着给一个男青年介绍对象。

说起搬迁，蔡月萍的满足之情溢于言表，每说几句话就会插一句："搬迁真好，现在真是太幸福了！"她纯正的梁山口音加上有点轻微沙哑的金属音，极具穿透力，她讲述时笑声不断，一双笑成弯月的眼睛外侧布满了刀刻般的鱼尾纹，饱经风霜的鹅蛋脸，高挺的鼻梁，不难想象年轻时的她是个标准的大美人。

蔡月萍生在滩区内的蔡庄，在滩区内长大，从她记事起，几乎每年都发大水，眼看着一波一波的河水涌来时，她跟在姐姐哥哥们后面迅速地爬到屋顶上，等着父母划着船把他们运到河堤大坝上，小船在浑浊的河水中摇摇晃晃，河水翻滚着，发出呜啦哗啦的怪叫声，她吓得缩成一团，父母一边奋力划船一边安慰孩子们："不怕，不怕，就要到了。"

童年时被黄河水淹的惊恐记忆，成了蔡月萍长大后一心想逃离滩区的动力。19 岁那年，花容月貌的她经媒人介绍认识了村民刘某。她没上过学，也不识字，以至于今天她也无法准确地说出刘某的名字。她爽快地答应了刘某的求婚，因为刘某承诺要带她离开滩区。结婚当年她就跟随丈夫刘某去了黑龙江，他们安定下来后，开始帮着人家种地。她接连生了 4 个孩子，前 3 个是女儿，最小的是儿子。那里土地辽阔，天寒地冻，丈夫为了养家糊口，拼了命地劳作。终于累倒了，后因病去世，撇下她和孩子们。

消息传到滩区内的蔡庄，蔡月萍的父亲亲自跑到黑龙江接回了女儿和孩子们。那是 1983 年的 9 月，那一年她 33 周岁，她的 3 个女儿分别是 10 岁、8 岁、6 岁，儿子只有 5 岁。娘家一下多了 5 张嘴吃饭。滩区穷，蔡家更是穷得揭不开锅，早已经成家的两个哥哥不说啥，可是两个嫂子不愿意，蔡月萍带着 4 个孩子吃的可是婆家的饭，婆家就是自己的家。在农村，嫁出去的女儿泼出去的水，哪有已出嫁的女儿带着 4 个孩子回娘家吃饭的道理。

娘家不能住了，蔡月萍真不知道带着孩子还能去哪里？天无绝人之路，此时有媒人上门说亲，说郭庄的李学印比她大 4 岁，至今还没有成家，他本人在梁山石料厂打工，挣了些钱，还刚垫高房台盖了四间新房。郭庄和蔡庄原来是两个庄，在她去黑龙江之前就已经合成了一个村，也就是现在的郭蔡村，那时他们经常在一起劳动，互相都认识，也颇有好感。缘分真是天注定呀！

我们开玩笑问："李学印是不是年轻时就喜欢你，是为了等你才一直不娶媳妇的？"

蔡月萍羞涩地一再否认："不是的，不是的。"同时两颊绯红。

她说，人家不嫌弃咱带了这么多孩子，咱从心底里感恩呀。

1984年的春节，蔡月萍带着4个孩子住进了李学印的4间新房。5年前她生下儿子时做了节育手术，不能再生育，李学印却对4个孩子视同己出，孩子也把他当成亲爹一样，从此他们成了相亲相爱的一家人。只是黄河每年都涨水，让他们一直生活在恐惧中。

每当秋天快收获的时候，河水就跟着涨起来了，好像是故意与滩区内的村民们作对一样。蔡月萍嫁给李学印后又被黄河水淹过两次，第一次发大水时小麦刚要成熟，一场大水过后，把他们家所有的麦田都淹了。颗粒无收。幸亏邻居们接济，这家给一点吃的，那家借一点粮食，大队里也救济他们一袋粮食，才勉强地熬过去了。

到了秋天，大队给了一块地，他们种上了小麦。第二年收完麦子，他们开心极了，孩子就要吃上白面馍了。接着他们又起早贪黑地耕地，种了3亩地的玉米，他们实在是饿怕了，希望再收一茬玉米，一家人可以吃一年的饱饭。眼看着玉米开始结棒，丰收在望，心里别提多高兴了。

想不到大水又来了。他们想在撤离家门之前，冒着生命危险抢着掰一部分玉米存起来，可是玉米实在是太嫩了，掰了也不能吃，只好依依不舍地告别即将成熟的玉米，心里一遍一遍地祈祷：大水不要淹没了玉米，不要淹没了玉米。

洪水落下去了，他们第一时间向着家的方向奔跑，他们的玉米地被淹了，玉米秆全部歪倒在水中，霉烂了。他们继续奔跑，远远地，他们看到房子还在，毕竟是几年前刚刚筑的房台比较高，房子也新。进门后看到存在缸里的小麦也在，夫妻俩喜极而泣，紧紧地拥抱在一起。说起这些苦难，尽管她眼中有泪，却始终是微笑的，仿佛是在讲述别人的故事。这是黄河滩区女人的特质，她们是喝黄河水长大的女人，有泪往心里流，有苦有难咬紧牙。淳朴、善良、勤劳、坚韧、乐观是她们与生俱来的品质。

蔡月萍说，滩区太苦了，交通落后，也没啥资源，无论你有多大能耐，只要你走不出滩区，就没有任何挣钱的门路。有4个孩子的羁绊，她无法去滩区外打工，她养了几只鸡，把鸡蛋拿到街上卖，可是鸡蛋有限，卖鸡蛋的钱对于一家6口人的生活来说就是杯水车薪，也只能换点油盐酱醋，根本不够孩子们的学费，她没有上过学，发誓要让4个孩子都上学。为了能多挣点钱，她开始挨家挨户收购鸡蛋，再拿到集上卖出去，每个鸡蛋加一毛钱。有时她还四下打听，看谁家有产妇坐月子，因为在滩区，谁家生孩子，朴实的邻居们都会拿着鸡蛋去看产妇和小孩。产妇家的鸡蛋吃不了，就会便宜卖给她。

在走街串巷买卖鸡蛋的过程中，她发现滩区内的待嫁女孩都不愿意嫁在滩区，想起年轻时的自己，就能理解她们是如何渴望早日走出滩区。联想到当年她在人生低谷时，是媒人的牵线搭桥让她绝处逢生，她热心地帮着她们介绍滩区外有男孩的人家。女孩们高高兴兴地嫁到了滩区外，日子好过了，当然不会忘了谢谢她。说成了婚事，当地的风俗是要请媒婆吃一顿感谢宴，宴席上必须有一条大鲤鱼，还要给媒婆100到200元的感谢金。这相当于她卖1000到2000个鸡蛋的收入。介绍成功的次数多了，她在滩区渐渐地有了名气，慕名登门来求她说亲的人越来越多，她也没有时间卖鸡蛋了，而是专心做起了媒婆。

可是这样一来，滩区的小伙子们更难娶到媳妇了。他们家里本来就穷，滩区的女孩都外嫁了，滩区外的女孩又没有人愿意嫁到滩区。为了能给滩区的小伙子说成亲事，她没少费脑筋，甚至想办法找三家做推磨亲，转着圈地说好话，也就是第一家的女儿嫁给第二家的儿子，第二家的女儿嫁给第三家的儿子，第三家的女儿再嫁给第一家的儿子。尽管她比以往更加辛苦地跑来跑去，可这媒婆越来越难当了。

十几年前她的儿子李继东到了婚龄，没有等母亲给他说亲，而是果断地离开滩区去外地打工。儿子正年轻，有自己的主意，不想像母亲一样每天生活在随时有可能被黄河水淹的恐惧里。儿子每次回滩区，看到家乡依旧是老样子，都会忍痛离开。后来儿子到邯郸做起了小生意，并在那里娶妻成家，生了一儿一女，虽然日子越过越好，可一家四口的户口都落在滩区内的郭蔡村。潜意识里儿子还是把滩区当成了自己唯一的家，尽管家乡暂时贫困，他坚信未来一定会好的。

儿子得知搬迁的消息后，立刻带着媳妇和一双儿女返回家乡。儿子一家分的房子在 16 号楼 2 单元的 202。如今儿子在梁山拳铺镇做电焊工，也在镇上买了房子，妻子和孩子都跟他同住。周末他们一家回来探望父母，就住在自己的家里。

如今住在"幸福小区"的蔡月萍，过着幸福安逸的晚年生活。搬迁后，每年按每亩 800 元拿土地补偿金，她家有 6 亩地就是 4800 元。我们采访前了解到，国家从 2011 年起对从未交过养老保险的 60 岁以上的农民，保障每人每月有 75 元的养老金，这笔钱每年都在增长，今年已经增至每人每月 128 元了。当我们问蔡月萍，是否每月也能领到钱、领多少时，她仅知道她和丈夫的养老金每月都按时打到银行卡上，也知道去年他们领了 2000 多元，却不知道今年每月可以领多少，因为她根本花不着银行卡上的钱。现在儿女们都很孝顺，经常回来看望他们，送吃的送穿的，还不时地给他们零花钱，年底还有土地补偿金。

她边说边笑，以前从来没有想过会过上这么舒心的日子。按照搬迁政策，他们滩区的 4 间房拆后有补偿，加上每人 30 平方米的住房指标，还有政府补贴，她和儿子总共花了 7 万多元，就分别住上了楼房，都是二楼 120 平方米的三室两厅，再加一楼 23 平方米的储藏室。按滩区搬迁政策规定储藏室不包括在拆迁安置房里。山东省城建设计院，通过山东省工程咨询院的专家评审后，在建房设计时，充分考虑到村民们的居住习惯和现有的资金能力，统一设计了每套房都带有储藏室。因为原来都是住平房，有院子堆放杂物，现在一下都搬进楼房了，没有地方放杂物。若算经济账，计划外的两个23平方米的储藏室按照市场价也得6万多元，这样一算，她和儿子的两套房实际上在扣除旧房补偿和政策补贴，以及储藏室的成本后，只花了1万多元。

她越说越开心，你们不知道，俺住在这里和以前比起来，可真是天上地下的差别呀，生活太方便了，买菜有超市，看病有社区医院，还有小学、幼儿园，这些都在家门口。超市里啥都便宜，西红柿5块钱7斤，那么鲜嫩的豆角1块钱1斤，馒头2块钱5个，买2块钱的馒头，俺老两口一天都吃不了，钱真的是花不了呀！俺做梦也想不到会过上这么富裕的日子。

说到最后，她没有忘记言归正传，又讲起了她做媒的开心事，她说，现在说媒更容易了。就是给滩区的小伙子说媒，也一说就成，只要告诉女孩，别看人家现在还住在滩区，很快都能搬出去了，你们去看看"幸福小区"的房子，以后人家住的房子会更好的。

问起她给人说媒，一共说成了多少对？她哈哈笑着说："100多对是有了吧。吃了100多条鲤鱼。哈哈。"

蔡月萍大半辈子干的是甜蜜的事业。而今，搬出滩区，她才真正感觉到了什么叫甜蜜。

陪同我们采访的梁山黄河滩区搬迁指挥部的人说："黄河滩区脱贫迁建二期工程正在马不停蹄地全面建设中，工程涉及两个乡镇19个村、6337户、18702人、247栋居民楼，预计2019年年底主体竣工，2020年9月可实施搬迁，3年内全部搬迁完成。"

蔡月萍说："这些没搬的小伙子，也有来找我的，今天上午就有一个呢。我在想，等都住上楼了，年轻人都先进了，思想开化了，我这个媒婆，也该失业了。"

滩区搬迁，滩区人的生活方式、思维方式也面临"搬迁"，"搬迁"到更广阔的大境界里。

"能人"闫记方赋诗一首

闫记方是梁山县赵堌堆乡贾庄村的村民。2019 年春节，闫记方的儿女们带着孩子们回家过年，这是 2018 年 9 月底闫记方搬入"幸福小区"后的第一个春节。孙女闫欣画了一幅画送给爷爷，说是为爷爷祝寿，幸福的爷爷回了孙女一首打油诗：

> 老汉今年七十六，
> 社区新楼祝大寿。
> 丰衣足食儿女孝，
> 琴棋书画乐悠悠。
> 感谢党的政策好，
> 滩区农院变高楼。

闫记方亲自朗诵了发自心底的打油诗，一家人拍手称赞，孙女闫欣更是大赞："爷爷太有才了！"当即把打油诗上传到网上。结果好评一片。

2019 年 7 月 3 日上午，我们来到"幸福小区"3 号楼 2 单元 201 室闫记方的家里采访。站在我们面前的闫记方，身材魁梧挺拔，面色红润，声音洪亮，一点也不像 76 岁高龄的老者。聊起搬迁，他侃侃而谈，从父辈讲起，今昔对比，他反复强调说，能搬出滩区这样的好事，只有共产党能办到，多亏党的政策好，俺要永远跟党走，听党的话。

闫记方1943年出生在黄河岸边的赵堌堆乡贾庄村,赵堌堆乡位于梁山县的最西北角,我们面对放大的中国地图,可以清晰地看到,以黄河为界,黄河的左岸是河南省,右岸是山东省的梁山县,黄河主河道围着赵堌堆乡拐了一个弯,由原来的向北流改为向东北方向流。20世纪40年代,这一段黄河水很深,主河道位置比现在往西4公里,从1947年到现在,黄河主河道逐渐向东移,在黄河东岸的贾庄村、蔡楼村等几个村一而再地被黄河水撵着往东搬迁,其中蔡楼村整个村庄搬迁了5次,贾庄村整个村庄也搬迁了3次。

1946年解放战争时,闫记方的父亲闫光田担任贾庄村农民会会长。领导村农民会员打击还乡团和国民党军散兵游勇。刘邓大军渡黄河时,闫光田被调到黄河司令部,在水兵连担任排长,主要是帮助刘邓大军过黄河。他动员广大民众把个人的木船贡献出来,把多个小木船用锚链连在一起,上面铺上木门板、大长板,用绳索等捆绑和固定好,搭成浮桥,成了当时横跨黄河最得力的通道。

闫记方记着,他们村西约一里地的地方有一个日本碉堡,日本鬼子投降后,全村大人们都去抢扒碉堡上的木板门窗,谁家扒了就算谁家的。闫记方的二叔扒来一扇很大的木门板,跟现在的大铁门那样大。说起1949年秋黄河发洪水时的情景,他历历在目,犹如昨天。当时父辈们把大门板吊在大树上,把衣物和粮食都放在上面,他们一家住在这扇大木门板上,躲过了水灾。

在一片汪洋中,地方政府组织船把村民转移了出去,基本没有人员伤亡,但房屋倒塌,耕地淹没。水灾过后,村里仅有极少数的房子虽然没有塌,却被洪水带来的淤沙封住了门,屋门被淤积的沙子淹没了三分之二,仅露出门框上边的一小部分,想回家要从沙堆的上面爬进门去。

闫记方家里的房子也淹没了,门板上的粮食早已吃光,父亲用独轮车推着他和母亲,一路逃荒要饭7天,到了阳谷县闫楼乡马庄,投奔父亲的一个朋友,朋友一家热情地收留了他们。原本只是打算住几天就离开,可朋友说,冬天冷,孩子还这么小,就在这里过冬吧,等明年开春再走。他们一家三口在父亲的这个朋友家里过了一个冬天，闫记方还清晰地记着和父亲朋友家的孩子们玩耍的愉快时光。直到晚年他们还一直保持联系，并经常相互探望彼此。

1950年春天，父亲告别朋友，还是推着那辆独轮车带着妻儿离开阳谷，逃荒到了邯郸，在邯郸一住就是15年，直到1964年才回到家乡。

1958年，闫记方在邯郸读高中时，国家在当地招收飞行员，从县里、公社，再到村里和他所在的学校，经过5次全面的身体检查，从100多名候选人中挑选了两名飞行员，闫记方是其中之一。离开学校前夕，他用粉笔在黑板上画了一个大大的飞机，并在飞机边上写下：驾驶着祖国的雄鹰遨游太空。

闫记方前往空军培训基地接受了7个月的专业培训，在即将正式加入飞行员的队伍时，却被政审退回原地，因为他的姥爷是地主成分。那一天是1959年8月31日，他于当晚11点乘坐列车离开了伤心之地邯郸，去了哈尔滨，在那里他去工程队修过路，也去煤矿干过过磅员，打过多种零工，直到1962年腊月二十三，也就是小年的那一天，在外打工3年多的他才返回邯郸与父母团聚，可邯郸毕竟还不是故乡。

1964年7月21日，在外漂泊了15年的闫记方一家终于回到了家乡——贾庄村。他们先盖了一间土墙房，第二年又接了一间。1966年闫记方结婚时，新房是在旧土墙房边又接盖的两间新土墙房，新婚的五大件是地排车、铁锨、三抓钩、镰刀和粪篓。今天闫记方讲起这些往事，不时地发出一声又一声的叹息，他的妻子坐在一边不时地笑几声，她说："那时候穷得真是啥也没有，我嫁给他时，啥车也没有坐，哪里像现在结婚，新娘子都要用轿车接。"闫记方安慰说："当年我不是还能用地排车运沙子、运土挣点钱吗？人家都羡慕你有福气呢。"妻子无奈地笑着，不置可否。

20世纪50年代以来，贾庄村和全国所有的农村一样，经历了成立人民公社、全民都吃食堂饭的阶段。三年困难时期，再到改革开放，实施农村改革，实行家庭联产承包责任制。

贾庄村就在黄河边上，全村的耕地都是河滩地，黄河沙土淤积成的沙滩不能进人，不能用黄河水浇灌，致使整村的土地长期干旱，雨量又少，农作物大面积被旱死、减产、绝收等现象已成为常态。

　　可是黄河涨水时，农作物又会被淹，村民们辛辛苦苦地耕种，到头来颗粒无收，连人都没有粮食吃，更别说牛了，没有草料喂牛，不能眼看着牛饿死，村民们只好把牛牵到集市上卖，算是给牛一条生路，还可以换点钱买粮食。赵堌堆最初就是个大集市。而滩区被淹，这些牛也被戏称为"水淹牛"，买牛的人面对这么多饿得皮包骨的"水淹牛"，都会狠狠地砍价，要想成交，牛只能贱卖。滩区村民们真是苦不堪言呀。越是困难急着等钱用，牛却卖得越便宜。

　　1990年，闫记方被村民选举当上了贾庄村民委员会主任，他们村党支部、村委会开会数次，研讨全村下一步发展计划。他们一致认为要实行大规划、大改革，收回所有闲散宅基地和村头荒芜的大片土地。按现有人口重新分配，做到人人有耕田，家家有宅基地，长期规划20年。全村大小队干部、党员经过100天奋斗，按已制定的贾庄村规划100条细则，完成了村庄规划。村两委带领广大群众挖沟修渠，实施路沟渠统一规划，为下一步灌溉打下基础。

　　他们在32坝协同西刘村建起了小型扬水站，当时乡党委任命闫记方为扬水站站长，修建扬水站时缺资少料，他们跑上跑下费尽周折终于完成了扬水站的供水工程。当扬水站开机放水时，村民全体上阵，看护沟渠浇灌麦田地，眼看着源源不断的水流淌进干涸的麦田里，群众欢呼跳跃，别提多高兴了。当年小麦亩产达到800斤。

　　1995年，梁山县水利局派来了下派干部组成的扶贫队，任期3年，常年入驻贾庄村，帮助他们打基井10眼，安装变压器，配深井泵四套，解决了贾庄村大片土地浇灌问题，每亩小麦均产1000斤以上。

　　可是1996年的那场特大洪水，又一次让整个滩区变成了一片汪洋，房屋被毁，农作物被淹。上级领导组织救援人员用大轮渡把全村妇幼老人都运出去了。

只剩下中青壮男人在家防汛救灾，洪灾过后，全村的妇幼老人返回家园时，举目四望到处都是厚厚的沙土。沟渠路都没有了迹象，田地被沙土覆盖，机井被淤死了，扬水站被冲坏了。之前的一切努力都归零，一切都要从头开始。

那些年滩区村民所经历的苦难，就像一道道深深的伤痕，留在历史的记忆里。

1998 年梁山县委决定实施滩区村庄垫村台的工程，仅贾庄村垫村台就用了 12 万方的土，当年冬天又实施了护坡工程，黄河大堤内面全部用大方石头护起来，以防洪水冲破堤坝。上级领导真是时时刻刻都牵挂着滩区的安危。

2016 年，山东省发布了黄河滩区迁建工程文件，贾庄村被赵堌堆乡党委安排做试点工程村，贾庄村召开了全体党员和大小队干部、群众代表大会，大家一致同意搬迁。经过乡镇工作组完成房屋丈量、宅基地丈量工作后，全体村民顺利签订了搬迁协议书。村里每天都有两个值班人员协同乡党委安排的质检员，到迁建工地监督工程施工质量。让村民们亲眼看见盖楼的全过程，以保证日后搬得放心、安心、开心。

2018 年 6 月 10 日，"幸福小区"社区楼房竣工。乡镇干部分成 20 个工作组，每个组包 10 户测算老房子宅基地面积、折算新社区楼房面积的差额或者余额，落实到户，去农商行办理交房价差额手续，并按照办手续先后顺序进行选房。

2018 年 7 月 10 日，贾庄村村民按照事先排好的序号在"幸福小区"井然有序地选房，仅用了 1 天的时间完成了全村村民的选房工作。

经过两个多月紧锣密鼓的装修，村民们的新房大都完成了装修工作，乡党委安排各个工作小组和村民们沟通落实搬迁时间，定于 9 月 25 日至 9 月 30 日正式搬迁，全村村民在 5 天之内全部搬进了"幸福小区"。

10 月 1 日开始对滩区腾空房屋进行拆除，到 10 月 5 日仅 5 天的时间，全村旧房基本全部拆除，至此贾庄村完成了整村的搬迁工作。

在黄河滩区受了几百年洪水祸害的历史成为永不复返的过去，真是连做梦也想不到。全体村民家家户户放通天雷、花鞭炮，庆祝搬入新居。现在他们居住的楼房高大明亮，还有储藏室，能放电动车、三轮车等物品。

闫记方说到此，还特意让我们去他的书房看一下，书房内靠南墙的窗下有一张书桌，窗外是宽敞的凉台，一只棕色的小狗在凉台上的狗窝里安逸地躺着，靠东墙是一个书橱，书橱里码放着各类书籍，有政治类、哲学类，还有养生类等等。

西墙上贴着一张报纸，是 2018 年 10 月 10 日《今日梁山》的专刊版，上面有几幅照片，第一幅是《黄河滩区群众喜迁新居　圆百年安居梦》。中间并排的两幅照片，左面是滩区的旧房照片，右面是"幸福小区"的全景照片，两幅照片形成鲜明的对比。下面还有一幅闫记方的特写照片，他坐在藤制的椅子上，怀抱着他可爱的棕色小狗，背后是一个摆满瓶瓶罐罐艺术品的博古架。

书房里最显眼的是靠着北墙的大衣橱，衣橱中间腰部有三个抽屉把衣橱分为上下两部分，上部分的两扇门是两面镜子，下部分的两扇门上分别用红色和褐色油漆画了两个立体五星。大衣橱的最上沿中间有一个立体浮雕的红五星，红五星的两边分别装饰有三个红色细木条横杠，特别醒目。红五星让我们联想到许多，这也是他内心不能触碰的一个点。我们不忍心再询问什么，可是他却触景生情地说，他的儿子 1995 年参军，还参加了 1997 年的抗洪救灾，只可惜 1998 年退伍了。

闫记方特意拉开大衣橱下面的两扇门向我们展示，只见左边的门背面写着：自己动手，丰衣足食，一九七八年八月十五日竣工。右边门背面写着：自力更生，奋发图强。看到这些字，我们惊讶不已，原来这件大衣橱是 1978 年闫记方自己设计并打制的。到此时我们才知道，他家客厅里的木质沙发、木椅、茶几等木质家具都是他自己打的，所有的家具都是卯榫结构，原来他还是个巧木匠呢。

闫记方说，如今大女儿在北京一家设计院工作，二女儿在家乡承包了 200 亩桃园种桃子，三女儿在安阳打工，儿子买了 5 辆大卡车在聊城搞运输。现在"幸福小区"的环境绿化正在逐步完善，文化广场也接近完工，他们已提前过上了小康生活。

贾庄村的整体搬迁如此顺利，真是奇迹，充分说明了赵堌堆乡领导安排工作深入细致、工作方法切实可行，搬迁同时也是脱贫，得民心顺民意。让群众实实在在地感受到党和政府的关怀，值得借鉴。

"我不怕骂，我就交第一。"

"道德当身，故不以物惑。"黄河滩区大迁建，虽说是人居之动，其实也能映照出一个人的政治境界、思想境界、道德境界。

在济南孝里镇土台子村，有一位眼明心亮、通情达理的大姐，她就是富有爱心的村民徐淑富。只有初中文化程度的徐淑富，既不是村干部也不是党员，但她却爱学习、爱思考，主动下载"学习强国"客户端，并把自己的学习体会，融入滩区迁建当中去，为了宣传迁建政策，她写了30多首打油诗，被称为迁建义务"宣传员"。

性格豪爽外向的徐淑富，说起话来直来直去，她本名徐淑福，后来办身份证时，写错了，就成了徐淑富。"错了就错了吧，发家致富嘛！"她1973年出生在归德镇朱东村，是典型的黄河岸边的女人，婆家是孝里镇土台子村，她是从滩区嫁到了滩区，她和别人的观点不太一样，好多人动不动就抱怨这抱怨那，但她说，党从来没有忘记滩区人，一直在牵挂着滩区人。以自己的亲身经历为证。

提起黄河，她印象最深的是，结婚前，大水还没有来到村里，一个名叫魏宗国的领导，在大坝上指挥修了小坝，好几个政府部门的领导，骑着摩的，在村里跑来跑去，指挥修坝，指挥村民转移。她每每想起他们的焦虑的眼神，就莫名地感动："我跟他们非亲非故，他们却这么牵挂俺们。"

她不知道这些人属于哪些部门的哪级领导，只知道他们都是党的人，都是政府的人。她说，就是从那时起，她就相信党相信政府。记性不好的她那么清晰地记住了一个名叫魏宗国的人，因为如果没有他指挥在大坝上再筑小坝，那次整村都会被淹没了。"想到那些干部，住在黄河边，心里就踏实。"

徐淑富爱学习、爱思考的习惯，影响到了家庭，丈夫常年在镇上打工，也被她熏陶了，每天晚上，没有特别忙的农活，都要看《新闻联播》，知道国家大事、省市的大事，心里明白。他们还经常讨论"学习强国"的好文章。他们夫妻住在土台子村里一个有五间房的四合院里，儿子从小学到高中一直成绩优异，还是班干部，前年考上了青岛理工大学，4月份还被聘为商学院的就业助理员。徐淑富有三个大伯哥，还有一个88岁的老婆婆，二哥和三哥因种种原因未能成家，就是这样一个特殊的家庭，却兄嫂间相处得非常融洽。徐淑富是大家庭里的主心骨、黏合剂。

明白人，干啥都明白。她可能是村里最早知道黄河滩区迁建消息的，她是从电视上得到的信息。一听说滩区迁建出了政策，整个土台子村都可以迁出去了，她激动得好几晚睡不着觉，经常问村干部何时交钱。她相信国家政策不糊弄人，早交晚交都是交钱，她想第一个交钱。

2018年3月24日是土台子收取迁建群众自筹资金的规定时间，徐淑富3月19日第一个交上了钱。有些不想交钱的村民就骂："谁交第一，死他全家。"她气得好几天不得劲，这也激起了她的火，邪不压正。她要把自己每天看《新闻联播》和手机了解到的国家政策、学习到的知识和见识，讲给村里更多的人听，她逢人便说，遇户就讲："国家的政策能骗人吗？这几年上级的好政策一个接着一个，农民得到的实惠越来越多了，我们应该相信政府是为了咱们好呀。"她成了义务宣传员。

徐淑富的姐夫是另一个村的支部书记，在村里第二个交钱。一家人聊天时，姐夫说，他不敢第一个交钱，怕挨骂，第二个才交的。不像她那么傻，第一个交钱，找着挨骂了吧。

她反驳姐夫说："你还是书记呢，共产党员死都不怕，还怕挨骂？我不怕骂，我就交第一。"

为了更好地宣传政策，她用打油诗的方式，边讲解边朗诵，帮助村民解疑释惑，传播正能量。

> 住楼房，拿一万，心里美，不后悔。
> 新社会，新气象，好领导，新作为。
> 党领路，官操心，民受益，得福气。
> 你也等，我也盼，政策好，准实现。

> 随时随地听党话，闲言碎语不怕它。
> 党的政策宽又广，百姓心里真亮堂。
> 拿钱一万住楼房，党的光辉放光芒。
> 光芒四射照万家，政策落实人人夸。

> 政策好，有主见，美好前景一大片。
> 党领路，迈大步，幸福敲门挡不住。
> 党领路，官操心，农民百姓后边跟。
> 跟着走，别掉队，齐心协力赶社会。

多数村民在她的带动下主动交了钱，也有村民带着一丝的疑问："看你家的红砖瓦房，拆了不心疼吗？"她总是爽快地回答："俺对象和孩子都支持，再说了，这次迁建选的地方好、位置好、交通便利，俺巴不得早住上楼呢。"

还有少数想不通的村民，继续在背后骂她。村民们建的群都不收她，她就把打油诗发给村支部书记，书记发到微信群上，这些打油诗很快在微信群上传播，得到了很好的宣传效果。

现在徐淑富的打油诗越写越好，写的内容也越来越丰富。

家风民风跟党风，我想当个排头兵。

排头兵他有动力，学习榜样有出息。

不怕苦，不怕累，带领群众赶社会。

我来说，我来编，我给大家做宣传。

宣传领导好，宣传政策好，

宣传老百姓得的好处少不了。

党有主心骨，说话底气足。

政策不说谎，全民奔小康。

百姓住楼房，全靠党帮忙。

富而美你我，强大咱祖国。

学习强国我骄傲，中国公民我自豪，

强国学习到基层，百姓了解国家情，

嫦娥奔月追太空，高铁路上行无踪。

粤港澳大湾区来引领，一带一路好前程。

一枝一叶总关情，主席最牵挂老百姓。

国家的领导贴民心，乡村振兴是国情。

世界各国同合作，互利共赢来引领。

党好国家强，领导天天忙，

国好农民富，政策来铺路。

政策带领百姓跑，全民上下都说好。

认真学习十九大，党的政策传天下，

党是大家主心骨，说话办事底气足。

决胜全面奔小康，信心十足没商量。

学习强国都知道，小康社会马上到。

勤学勤练基本功，学习强国不放松。

学习强国为人民，政策不会亏待人。

学习强国有好处，发家致富有出路。

你学我学大家学，磅礴力量出强国。

……

有时儿子看了都不相信，这些打油诗是出自只有初中文化的母亲之手，会特意打电话向她证实，是妈妈自己编的，还是抄了别人的。

每当此时徐淑富都会骄傲地对儿子说："当然都是我写的了，妈妈每天学习强国的得分都是前几名。"

儿子更加质疑了，因为他知道妈妈不是党员。

徐淑富干脆直接给儿子发学习强国的截图看，原来她早已写了入党申请书，成了入党积极分子，是自己主动要求学习的。

徐淑富的故事，就是一颗包含爱心的种子，徐淑富的打油诗，就是一束束洒向心田的阳光。

第八章　担当：把滋味尝遍，又能与谁言说

长清素有"山水长清"之美誉，但黄河滩区居民的生活，在这个美誉之下，还有更高的诉求，那就是成为真正的城里人——济南市民。

接到黄河滩区迁建任务时，长清区领导是既感到兴奋，又感到压力重重。兴奋的是滩区居民得以改善生活，安居乐业，还可腾出部分滩区土地用于复垦。压力是，长清黄河滩区迁建总任务占全省的1/4，全济南市的一半。要解决15.71万黄河滩区居民的防洪安全和安居问题，工作量大、头绪多，要没有一股担当精神，不可能完成。

2019年8月，我们走进外迁最集中的归德、孝里等地实地采访。

朋友开着拉他的灵车，围着新楼转了一圈

满头白发的路贞兰，蹒跚地走过来。她说自己命苦，11岁上没了母亲，跟着晚娘（继母）过了9年，20岁嫁给了魏庄村的魏庆河，小两口变成了老两口，携手了54年后，魏庆河撇下她和两儿两女，走了。

"俺老头没有福气，这不，要分新房子了，他没了。"两手一摊，路贞兰无

奈地摇摇头，说，"临死前，他挑的户型，俺老两口要的是 66 平方米的。这次选房，是俺大儿子陪着。"

2018 年 4 月 11 日，魏庆河去世，13 日中午火化。路贞兰说："俺侄儿对俺说，俺叔多好啊，人家张勇开着拉俺叔的火化车，围着新楼小区转了一圈，车开得很慢很慢，让俺叔看仔细些。"

负责红白事儿的张勇，是魏庆河的好友，朋友最知道朋友的心愿，张勇说："老魏住不上楼房了，我拉着他转一圈吧。"

看，这就是滩区老百姓对新居的渴望。

2019 年 8 月 6 日下午，我们来到了长清区归德安置区一期选房现场。

炎热的午后，空调下坐着兴奋的等待选房的村民。路贞兰是我们的第一个采访对象。"我做梦都常常梦到连阴雨，几天不开晴，天就跟一口大锅，漏了个口子，直往下倒水，河水漫过了大坝，俺的土坯房都冲走了，俺和老伴坐在船上……"

如今，路贞兰的噩梦从此不再。她对自己选的房子特别满意。

魏庆泗说："没想到 75 岁了还能住上楼房，起先，我害怕，这个年龄爬不上楼了，没事，有电梯！"

归德街道党委书记吴龙海亲自坐镇指挥选房，他说，牵扯百姓切身利益的事儿，丝毫马虎不得。

为保障选房工作的顺利进行，长清区成立专项工作领导小组，制订了详尽的工作方案，抽调精干力量组成多个工作小组，从选房方案及房源公示、现场直播、政策咨询到叫号、身份确认、引导、抓阄、签字确认等每个流程都经过了周密的部署和多次演练，切实保障各环节顺利进行。济南市长清区归德街道还对街道、村级工作人员进行了全面细致的培训，在醒目位置对房源及选房标记等重要信息进行实时同步公示，实现了选房工作的信息化、规范化、高效化。

长清区魏庄村村民路青对我们说："这次选房，确实是非常公正，非常合理，对于我们老百姓来说呢也是非常满意，我选了个好房，401和402。"

魏庄村村支书魏庆鹏说，魏庄村一共有89个选房户，选房率100%。这个当了3年兵的村支书说，选房的秩序，让他想到了在部队上的严谨。

长清区归德街道党委委员、归德街道黄河滩区迁建工程指挥部副主任程玉国对我们说："归德街道黄河滩区迁建一期的分房前期我们经过充分的动员，把前期的工作都准备好了，从8月5号开始，我们对18个村，53栋楼进行分房，牵扯1498户、5212人，预计用15天时间，把这53栋楼18个村所有的房源都分到群众手里。"

选择：从顾虑到焦虑，从焦虑到熟虑

吴龙海说："2017年四五月份，黄河滩区迁建前期调研，无论是干部还是群众，都有顾虑。靠近黄河，不安全，但是故土难离，要是搬迁的话每人补贴3.49万元，这又是一个诱惑，对政府来说，盖楼还有土地增减挂钩政策。但一开始不敢报，也就是不报外迁安置。上级领导反复做工作，我们才逐渐理解了，要把黄河滩区迁建当成政治任务来完成。一开始，我先征求几个村的意见，让他们摸摸底。比如雾露村140多户，80%的愿意搬。我又同支书商量，跟他讲明政策，要求很严格，必须95%以上的村民同意搬迁才可搬。村支书觉得搬迁是个大好事，又做工作，达到了上级的要求。"

吴龙海分析，对搬迁，30%的同意，50%的观望，20%的坚决抵制。观望者最关键，往往受坚决抵制户的影响。董庄村，靠近黄河。最近的地方是8米，有一户的房子盖得好，他在村里有号召力，村支书上门去做工作，不让进，女的连拽带骂，但忍着，骂累了，支书还是摆事实讲道理。三官庙村支书魏化喜说："我的后邻是叔兄弟，他不签字。弟媳妇给我沏茶，他拿起茶壶就摔了。"

司庄村支书司云伟说，他有个叔伯兄弟，找他去陪客，他去了。陪客时不好提。等晚上去找他，找不到人了，电话也不接。他只好摆了一场酒，但是叔伯兄弟就是不见面。只好上门去，家里没人。出门站在院子里，一看，14个没签协议的，都在屋顶上蹲着抽烟，头也不抬。司云伟的眼泪差点流下来，说，下来吧，别看星星了，天不早了，都下来吧。司云伟把村民从房顶劝下来，过了两天，才最终做通了工作。

好事难成，再难也要成；好事难干，再难也要干。滩区的老百姓，千人千面，千人千腔，有觉悟早的，有觉悟晚的，有领潮头的，有跟浪头的，有过于麻木的，有过于精明的，有过于糊涂的。

急不得，慢不得，等不得。接下来，归德街道办和各村的班子成员一个村一个村地做工作，最后24个村全部做通了。从2017年四五月份着手准备，到2018年5月才算结了。

担当的滋味，只有担当者尝遍，又能与谁言说？担当者们之间，会惺惺相惜。比如同为街办书记的吴龙海和孟斌。一个在归德街道，一个在孝里街道。吴龙海，以前是教师，之后从政，一直在乡镇，秘书、副镇长、副书记、镇长、镇委书记、街道书记。孟斌，1973年生，属牛的，2016年年底当选党委书记，因为滩区迁建，差点成了网红。

孝里街道57个行政村，有41个村在黄河水每秒一万立方米淹没线以下，也就是属于滩区村。

孝里街道党委书记孟斌说："当时上级来摸底的时候，选择搬迁，还是撤退道路加固，我们选择不搬迁，选择了撤退道路加固。报到区里、市里、省里，没批。我们还挨了批评。为什么我们不选择外迁呢？有顾虑，事儿怕具体，一具体就麻烦。搬迁可不是一句话就过去了的事儿。眼前有明摆着的例子，我们的常庄，是一个只有90户的小村，群众基础很好，当时选择农村社区化改造试点，就选了这个村，从2013年开始，一直到2018年才搬完，用了6年时间。

你想那么多村搬迁，难度可想而知。"

为了论证迁建的合理性、可行性，孟斌带领镇领导班子成员、中层干部、各管理区书记、各村支部书记到迁建成功地区参观学习 10 余次，召开 43 次座谈会，人员涉及辖区企业家、老干部、人大代表等，最终审时度势，抓住机遇，做出了历史性迁建决定。

通过认真领会政策，孟斌算明白了："这么大的一个大礼包，你不要，你傻啊。"孟斌扳着指头算："国家好几个亿，土地增减挂钩几十个亿。这是倒逼老百姓生活提升的大好机遇啊。上级有要求，群众有需求，我们就得有追求。"

"几上几下，进村入户调查，征求每一户的意见，最后确定 39 个村整体外迁，另外两个村，因为多数人不同意外迁而放弃。然后，开始制订黄河滩区迁建指导意见实施方案，先后改了 30 多遍。"

选址选在哪里呢？就选在街道办驻地，街道办是新搬迁的，这里有济菏高速出入口，220 国道和济菏高速贯穿南北，但除了派出所、土管所、环保所等职能部门外，居民不多。搬到这里，正好凝聚人气。

站在全省规模最大的黄河滩区迁建集中安置工程——孝兴家园里，面对 149 栋新居民楼，孟斌说："农民一步就成了市民，变化天翻地覆。"

"共产党人死都不怕，还怕骂吗？"

应该说，黄河滩区迁建，滩区群众都受益，但是受益的程度不一样，感触不一样，感受不一样，态度就不一样。

比如家庭条件好的，个人有企业，老家的房子盖得高档，有的甚至是别墅。平时住在城里，偶尔回来忆一忆"乡愁"，要搬迁了，他们觉得不划算，拆迁补偿太低，他们要求按照城中村改造的政策来，不能满足，就联合一些人抵制搬迁。

但大多数老百姓的房子都一般，老旧的，也不准备翻修，他们就愿意搬。村里最困难的，房子最破的，最愿意搬。

这次黄河滩区迁建，客观上还有一个缩小两极分化的作用，拉近贫富差距，促进大家共同富裕。这也是政府的初衷。

为滩区群众办好事，好事要办好，要让大家充分表达出自己的意见、利益诉求。有的人就自发地建起"某某村迁建群""某某村乔迁群"，同时也出现了"某某村反迁建群"等。

在反迁建群里，甚至有人身攻击，各种骂战，硝烟弥漫。

长清区孝里街道宣传办主任牛振勇很关注这条看不见的战线，他时常在群里面发言，引导舆论。牛振勇说："有一次，一个老头用语音留言直接骂我，气得我吃饭都打哆嗦。但我想来想去，还是忍住了。"

孟斌书记给同事们打气："老百姓骂咱，咱不能骂他啊，再怎么骂，也是内部矛盾，不是敌我矛盾。一条底线，不能激化矛盾。共产党人死都不怕，还怕骂吗？"

抱着容忍的态度，团结大多数，如无违法违纪现象，不报警，不封群。密切关注动向。街办把反迁建群的群主约到一起座谈，沟通。

石岗村是个1400多口人的村子，石岗村反迁建群的群主不是石岗村的，是某村一个在外打工的人，他冒充石岗村的，最后被村里人查出来。石岗村的人发现被骗了，有年轻人开着车找，想揍他。

经过批评教育，群主自动解散了他创建的"反迁建群"。

与此同时，孝里街办抽调部分干部，组成宣讲团，开动宣传车，连续宣讲了半个月，到田间地头、各村村头、百姓的炕头，解疑释惑。

2018年3月24日，孝里迁建指挥部迎来了缴纳自筹款的第一个村——太平村，随后各村陆续张贴自筹款缴纳公示，每天捷报频传、战果累累，突破性地实现了7天完成2.3个亿的工作任务，最终完成了39个村、3.1万人、3.2亿元的群众自筹资金收缴工作，取得了阶段性胜利。

但是，老百姓对基层干部的信任度有折扣，他们怀疑，每人交上 1 万块钱，就能住上楼房，不可能，根本完不成。于是新一轮网上的骂战又开始了。

看不见的网络骂战，终于敌不过看得见的楼群拔地而起的事实。

2019 年 3 月 31 日，具有里程碑意义的孝里黄河滩区迁建一期工程一号楼主体顺利封顶。4 月 4 日清晨 6 点 51 分，孟斌在迁建一期项目的楼房二楼，拍下了一张塔吊林立、错落有致的安置房的照片，配题"希望"。距 2018 年 3 月 31 日孝里镇黄河滩区脱贫迁建项目正式开工过去了 369 天，这 369 个日夜的期盼、担忧、努力和喜悦仿佛都凝聚在了这两个字里。

18 层高楼封顶了，滩区的人都赶来看，围得满满的，有的村民激动地朝天打彩管。一天后，又一座楼封顶了，依然很多人从四面八方赶来。后来封顶的楼越来越多，围观的人越来越少，都习以为常了。

孝兴家园 149 栋楼矗立起来，连孟斌都觉得太不可思议，太神奇了。

各种"反迁建群"，悄悄解散了，有的呢，悄悄改了群名，改成"某某村同乡群""某某村乔迁群""某某村业主群"，由以前讨论搬还是不搬，变成装修还是不装修，装成啥样子，等等。有的甚至考虑物业管理、孩子上学问题。有人看到了商机，开始推销装修材料……

缺口：十几个亿是怎么来的？

黄河滩区脱贫迁建，建起来更要美起来。也就是说，迁建成功之后，这些群众正常的生产生活和健康的生活状态也有相应的现实挑战，比如，全方位多层次地为这些地区的未来生活进行精准且长久的现实托底：新建的社区配备的车库、地下室；电梯、中央空调、天然气；路、水、电等基础设施和学校、卫生室等公共设施，当然还有致富的门路。

孟斌说，目标越高，难度越大，压力越大，孝兴小区建设缺口还有十几个亿。怎么这么大的缺口？孟斌给我们算了个清清楚楚。

原来安置39个村，需要建设用地2170亩，但是实际情况是，可用安置用地只有1700亩，原计划是盖11层，一栋楼配备一部电梯，没地方盖，只能加高，改成18层，两部电梯。原来成本价是1平方米2300元，改成18层，成本变成1平方米2770元，建筑面积由160万平方米变成了170万平方米。凭空就多出了8个多亿。

孟斌说，有些扣儿，他们也想解开。但是很难很难，有时不是想解决就能解决的，比如地下车位，建不建？建多少？要建一个高品质的小区，必须有车位。他们请示领导，领导的答复很坚决，该建就建，不留遗憾，建就建好。这样扣子就解开了。"我们建设了3300多个地下车位，10万平方米，又是3个亿。"

为黄河滩区迁建而专门成立的长清农业发展有限公司，是融资平台。公司董事长董玉河说，融资是个问题，但是再难也得完成。

我们问董玉河，目前最大的困难是什么？有没有委屈？

董玉河说："没有困难。你干的一切，都是你自己选择的。没人逼你，你委屈啥？你抱怨啥？婆婆妈妈，哭哭啼啼，统统没有出息。想不开，那是活该！男子汉大丈夫，选择了，就一个字，干！所以，遇到困难，你就分析就行了。解决当下的事儿，别激动，别着急。有些问题，是自己把问题想复杂了，顾虑太多，其实没有那么复杂。把大的问题想明白了，就没有困难，就有了正确的抉择。"

从来没有活在生活外面的人，我们都食人间烟火。共产党人能。为什么能？就是有一群忠诚、干净、担当的人。任劳任怨，任劳，像老黄牛，不容易；任怨，更难，更不易。没有怨恨，没有怨言，不埋怨，将委屈咽到肚子里，将牢骚埋在心底深处。这是一种境界，是一种胸怀，更是一种忠诚。

难事来了，得接住，不能躲

干练，沉着，有激情，有闯劲儿，雷厉风行。这是赵广强给我们留下的第一印象。50 岁的他，是平阴县发改委党组成员、副主任。他坦言，没想到自己能兼任黄河滩区迁建办公室主任，一接手，想到这个活儿不好干，没想到这么不好干。但是，干了两年多，觉得干着还很有味道了。迁建的每一件事，他都装在脑子里，有时回味一下，没有虚度光阴。我们感觉他就像黄河岸边的一棵大树，看到的是迎风摇曳的枝头，但看不到的是隐藏的深深刻印在树干里的两圈年轮。

"事儿千头万绪，我得发挥办公室牵头抓总的作用，仅 2018 年全年筹备召开全县黄河滩区迁建有关的县党政碰头会、县政府常务会议、领导小组及专项工作组会议就有 50 多次。撰写相关会议的领导同志讲话、报告汇报、拟订会议活动方案、起草文件等材料 300 余件。做每一件事的原则，就是实事求是。"赵广强说。

在赵广强看来，黄河滩区迁建，说到底是做群众工作。怎么做？秘诀只有一个：实事求是，不怕难、不怕烦、不怕缠。2018 年，平阴县安城镇西张营村有个老上访户，这次黄河滩区迁建，又上访，几次给赵广强打电话，要见面谈谈。但是赵广强那几天正在协调供电部门安排社区内的供电线路迁改，确保不影响安置区工程正常施工，一时抽不出身。赵广强每次都耐心地给老张解释，但是，他就是不听。"他说只相信我的解释，我插空见到了老张，我说，镇上不是发了明白纸，你看了吗？他说不看，就相信你。我听了还蛮感动。他相信我。得到别人的信任，那是很幸运的。我慢慢地一项一项跟他解释，他心中的疙瘩也慢慢地解开了。"赵广强说。

不怕难，老百姓不难的事儿，还找你吗？所以难事来了，得接住，不能躲，你也躲不了。不怕烦，有时对一个常识性的小问题要一遍遍解释，确实很烦人，但你不能烦。他急你别急，他烦你别烦，你就有了主动权。不怕缠，让上访户缠上可难脱身了。其实不是那么回事，你只要用心去处理，他不会缠你，缠你是因为你没达到他的要求，他的不合理要求，一点不能满足，合理要求，一定想方设法让他满意。

赵广强的这些认识，源于他的实践，赵广强一开始进入公务员队伍，是考入信访局的。在信访部门工作了4年多，啥样的棘手事儿，都遇见过，解决过。一母生百般孩，啥样的人都有，那有啥法儿？那就迎头上去。是"钉子"，就拔"钉子"，拔出"钉子"来，还得让"钉子"服气；是委屈，就调查委屈之源，寻找化解委屈之道；是贪心之人，就点中其"私"的穴位，公事公办，一碗水端平。是刺儿头、涉黑的，该绳之以法就绳之以法，绝不姑息，毫不客气。但刺儿头、涉黑的毕竟是少数。在外迁安置社区建设过程中，安城镇工地某包工头领取农民工的工资5万元后没有发给农民工，自己携款逃跑。农民工由于领不到工资，到县里进行上访，赵广强和县迁建办工作人员进行了接访。他明确指示有关单位一方面要报警抓捕携款逃跑的承包人员，另一方积极协调总承包人济南铸诚公司另外筹集资金，当天下午就兑现了农民工工资。

外迁安置，迁，事无巨细，建，也事无巨细。比如电力迁改项目设计、招标、施工程序流程，时间周期长，影响安置社区全面施工。怎么办？积极协调啊，协调供电部门搞好安置社区内的供电线路迁改，加快高压线迁移施工。K35千伏玫土线在安置房一期的上方，严重影响施工，怎么办？和供电公司技术规划人员一起反复论证啊，决定启用备用线路，K35玫土线作断电处理，再加快迁改工程进度。赵广强协调联通公司、广电网络等有关单位做好弱电通信线路迁移。安城镇安置社区影响5座楼施工的高压线路于2018年6月初完成迁改。玫瑰镇外迁安置社区一期A7、A8号，二期F24楼涉及线路于2018年8月上旬迁改完毕。影响玫瑰镇三期5栋楼、东阿镇2栋楼的35千伏东玫线于2018年9月下旬完成迁改，制约安置社区建设的供电线路迁改问题全部得以有效解决，保障了外迁安置社区建设项目按期进行。

什么最难？实事求是最难！这是赵广强的深切体会。"省里规定，这次滩区迁建，人均用地40平方米、住房安置面积40平方米，这个不能突破，但是我们进村入户摸底调查，好多人想多要点面积，改善一下居住条件。有些家庭人口多，也想多要一点。这就遇到问题了，怎样处理好脱贫迁建与人民群众改善性住房需求的关系？我们想到了统筹，能不能不以户为单位，而是以镇为单位统筹呢？这样就灵活一些了。只要全镇不突破人均40平方米，就算合法。"

"统筹"理念出来了，得落实啊，本着尊重滩区群众改善性住房需求的原则，对安置人口差异情况、安置社区优化设计方案进行深入调研，经过反复论证、多次汇报，在各镇外迁安置社区项目批复立项时，对《平阴县黄河滩区居民迁建外迁安置工程实施方案》（达到规划深度）进行了必要调整和优化设计，以安置社区为单位统筹把控人均40平方米的住房面积标准，将随迁人员安置建房和改善性迁建住房一并纳入以社区为单元的《外迁安置工程实施方案》（达到设计深度），明确随迁人员和有改善性住房需求的滩区群众建设的安置房在人均40平方米范围内参照适用迁建社区税费减免政策，超规划投资部分由群众自筹。

创造性地而不是机械性地开展工作，体现了赵广强和他的同事们的担当精神。

第九章　镂刻在心上的承诺

信息不对称带来的"叩问"

对济南市平阴县大河口、桃园两村的村民来说，能搬到东阿镇政府驻地，那就等于进城了。东阿镇是过去县城驻地，东阿镇驻地的人，有着天然的优越感，他们自己说是在城里，而把周边的村子统统叫乡下，以至于在镇内的姑娘不愿下嫁到"乡下"。

因了黄河滩区迁建的大机遇，大河口、桃园两村的村民"身份"要改了。

搬到再好的地方，也留恋朝夕相处的旧居。为留住乡愁，留住老家的味道，东阿镇安排专业摄影人员，来到大河口、桃园两村，利用五一假期亲人返乡的时机，为400余户村民现场免费拍摄"全家福"，并为两个村子进行航拍，留下村子最真的记忆、最具乡愁情怀的影像。

桃园村的焦明英和家人一起在生活居住了40年的老房子前拍了一张全家福，面对摄影师的镜头，一家人笑靥如花。焦明英说了一句话，道出了搬迁人的心声："等搬走的时候，俺给老房子磕个头。"

13栋安置楼主体已全部施工完成，正处于紧张的内外装饰阶段。2019年6月，两个村的村民代表从黄河边来到已经封顶的新房参观。

桃园村的小周，曾经常年在建筑工地打工，自认为是建筑行家。水电走线、厨卫防水、墙面抹平、地砖铺贴……在样板间，他这里瞅瞅，那里看看，这里摸摸，那里晃晃，不放过每一个细节。

他拿起一块砖头敲打外墙，一敲，是闷声，再敲，还是闷声。不对呀，这房子质量肯定有问题。

小周说："砖头敲着应该是清脆的声儿，这房子不能住。"

大家本来兴冲冲地看着房子，很满意。可听到小周这么一说，都拿起砖头来敲打外墙，声音果然是闷的，软绵绵的，像泡沫。这房子质量谁还敢住啊？呼啦啦就围上了一百多号人。

"政府在糊弄咱，豆腐渣工程！"

"偷工减料，假冒伪劣！"

有年轻人，还迅速把楼房质量不好的信息发到微信群里。

东阿镇副镇长阴祖梁那天正在开会，这个80后副镇长，从2016年年底一上任，就接手滩区迁建工作，进村入户，排查摸底，几年来没有节假日，没有休息天。他自言最怕听到电话响，每天都战战兢兢。一听说楼房出了质量问题，第一时间冲到了现场，立即召集施工单位、监理等现场作答。

原来是一场虚惊。小周他们敲的，是8厘米的保温层。"为了打消疑虑，我当着大家的面打电话给平阴县住建局质量安全监督站，我把电话放在免提上，放大了音量。让大家都能听到。监理站负责人说，刚过来验收了，材料完全合格，没有任何问题。"阴祖梁说。

"什么是保温层？"

"所谓外墙外保温，就是给建筑物穿上一件保温外套，这件保温外套既要保温，又能隔热，还要漂亮。说得专业一点就是，墙面保温层是通过对墙面结构采取的隔离措施，冬天减少建筑物室内热量向室外散发，夏天减少建筑物室外热量向室内侵入，从而保持建筑室内温度。保温材料在建筑上起着保持适宜的室内温度和节约能源的重要作用。"

东阿镇以前盖楼，都没有保温层。阴祖梁拿出保温泡沫让老百姓看，眼见为实，小周他们相信了。

晚饭后，阴祖梁又到村里去跟不明真相的人解释、说明。

"每一个细节，我们都要考虑到，每一处小小的隐患，都可能是随时引爆的大炸弹。老百姓质疑是对的，住房质量无小事。"阴祖梁对我们说，"我们要经得住老百姓的叩问，经得住时间和历史的检验。"

安居，安居，质量高了，才能安居，才有真正的安全感。

老百姓叩问质量，是信息不对称的问题，政府、建设部门，及时准确告知老百姓，是最好的选择。

黄河镇是黄河流域唯一一个以黄河命名的乡镇，出产黄河鲤鱼、黄河西瓜、黄河大米，但也深受黄河水患的困扰。这是一个深深打上"黄河"烙印的特殊的镇。

这次滩区迁建，涉及黄河镇21个村、3300户、12068人，投资13.2亿元，建筑面积52.5万平方米。安置社区规划用地644.96亩，建设住宅4267套。

经过章丘区黄河滩区迁建指挥部、中建集团研究，村干部与群众经过议事程序逐级确定，成立群众代表工程监督小组，中建集团为每个小组配备对口联系人，根据施工区域划分好监督地块，配合监理公司全程参与建筑材料把关和工程质量监督，在工程开工前对监督小组成员进行了业务培训。

从开工之日起，监督小组即进场开展监督工作，发现问题后汇报组长，联系对口联系人，由监理方督促施工单位进行整改，然后由群众代表进行最终验收。

在施工现场，戴着安全帽的群众代表，是最显眼的群体，他们采取地面基础巡查、砖体砌筑巡查、进场物料巡查、内外装监控、夜晚巡查等方式实行监督。他们还赴厂家考察，把控用料源头，盯紧质量，督促建设方打造精品工程。

监督工程中，坚持做到对技术不过关的施工人员及时撤换，不合格的建材拒绝进入工地，不合格的工程坚决返工，严把质量关，让群众对工程质量吃个"定心丸"。为确保此项监督机制落实到位，还配套建立建管联席会议制度，不定期召开项目法人代表、施工、监理、群众质量监督小组 4 方共同参加的建管联席会议，分析排查问题，通报工程建设情况。在甲方、监理公司全方位监控的同时，安委会还不定期巡查、聘请安全专家现场巡查等。通过群众全程参与工程质量监督，确保工程质量监督管理全覆盖，工程质量验收合格率达 100%。

刻在楼上的不是名字，而是诺言

2019 年 8 月 7 日，在平阴县安城镇兴安安置小区，我们走在已经彻底装修好的楼房中间，安城镇副镇长于庆锋说，自己的感受是又自豪又有点儿忐忑。何以这么说呢？

于庆锋自豪的是，他见证了这些楼是如何建成的。忐忑的是，老百姓住进来不知满意不满意。他笑着指给我们看楼墙上黄色的铜质的"工程竣工标志牌"，上面明明白白地写着工程名称、开工时间、竣工时间、建设单位、勘察单位、设计单位、监理单位、施工单位，而项目负责人，是明晃晃的三个字："于庆锋"。

64 栋安置楼上，都有自己的名字。"这都是责任啊。我们常说，责任重于泰山，我这回体会到了。"于庆锋说，"安置小区楼房开工打基础时，搬迁村的老百姓轮流值班来盯着，有时盯到深夜 1 点。"

在于庆锋看来，这次黄河滩区搬迁，不能为搬而搬，老百姓搬出来，住进去，不能又成空壳楼，要考虑周全。整个社区有 1.3 万到 1.5 万人，怎么管理，怎么生活，这都是大问题。

他们分析，搬出来的，多是老年人，老年人需要照顾，为此在规划时，就规划了医养综合体，实行集中式养老。"十九大报告专门提到，积极应对人口老龄化，构建养老、孝老、敬老政策体系和社会环境，推进医养结合，加快老龄事业和产业发展。建设搬迁区，我们规划了100个床位，有夫妻房、探亲房、健身房等。将来，我们会把原来村里的日间照料中心、农村幸福院等资源整合起来。"于庆锋说。

他们还在小区内设计了商贸综合体，用于居民的日常生活，还有一定规模的能承办居民红白事的酒店，还设计了平洛河两岸的1322米的步行栈道。

滩区居民想到的，政府都要尽量满足，他们没有想到的，政府也要想长远。

黄河滩区迁建是个大工程，也是百年大计，无论是从设计到施工，还是从装修到社区规划，都必须掂量了又掂量，谨慎了再谨慎。

正如习近平总书记在2019年参加全国人大山东代表团审议时指出的，"功成不必在我"，不是消极、怠政、不作为，而是要牢固树立正确政绩观，既要做让人民群众看得见、摸得着、得实惠的实事，也要做为后人做铺垫、打基础、利长远的好事，既要做显绩，也要做潜绩。不计较个人功名，追求人民群众的好口碑、经过历史沉淀后真正的评价。

要有"功成不必在我"的精神境界和"功成必定有我"的历史担当，保持历史耐心，发扬钉钉子精神，才能把滩区迁建的事情办好，办扎实。这是于庆锋的体会。

于庆锋对小区的每一个细部都研究透了，连护栏的架设位置，都认真思考了，是贴在水泥平台的内侧，还是外侧。他说："靠近路边的，护栏设在水泥平台的内侧，这样老人出来散步，走累了可以坐坐。而在花坛、草地边上的护栏，则设在水泥平台的外侧，没有空间坐，也就没有人会踩踏花坛和草地走过去了……"

因为名字刻在了大楼上，也就深深刻下了庄严承诺。

第十章　迁建之争、户型之争

搬与不搬之争

白龙村、内清村、南李村、内赵村、北李村、三圣村，高青县的这6个村，在黄河的臂弯里揽着，像6个亲兄弟。祖祖辈辈看着黄河的脸色吃饭。发大水，一起逃荒，流离失所；水退了，收拾家园，筑村台，盖新屋……新中国成立后，党的滩区政策，6个村都享受了。

最近的黄河滩区大迁建，白龙村、内清村、南李村、内赵村，列入第一批搬迁，而北李村、三圣村，却被列了第二批。也就是说，第二批，要比第一批晚住一年半。这是咋回事呢？

这里面有个搬与不搬之争。深层次的是新老之争、观念之争、长远利益与眼前利益之争、局部利益与整体利益之争。

山东省最近这次黄河河滩区迁建，分外迁安置、就地就近筑村台、筑堤保护、旧村台改造提升、临时撤离道路改造提升五种形式，滩区群众都知道。

通过排查摸底，高青县木李镇，牵扯的6个村，县滩区迁建指挥部通过权衡，认为适合外迁安置方式。但是，还是从2017年5月份开始，进村入户，摸底调查。6个村的村民大会，分别开了3个晚上（2017年5月17日晚、5月19

日晚，2018年上半年又一次），每个村的会，都是开到深夜。迁建指挥部的人耐心细致地讲解政策。有时会开完了，有不明白的村民还拉住工作人员扳着指头咨询。

白龙村、内清村、南李村、内赵村一致同意外迁。而北李村和三圣村的村民绝大多数不同意外迁。到了最后，三圣村只有一个老人同意外迁。

省里尊重群众意愿，将北李村、三圣村改为旧村台改造提升方式，不用搬迁了，就地加固村台、修缮道路等等。

北李村和三圣村村民为啥不搬呢？一是这两个村的房子质量普遍要比前面几个村要好，房子新，村台也高。还有，如果算补助账，旧村台改造提升，每人补助3.5万元，而外迁安置呢，每人补助3.49万元，外迁安置补贴这一块，根本不够建房的。还有，这两个村，主要是老年人在家。参加会的也多是老年人。年轻人多在外地打工。

随着邻村新社区选址开建，大楼一天天加高，北李村、三圣村的年轻人回来一看，不干了，也纷纷要求外迁。可是关于滩区迁建方案，已经通过国务院报备了。哪能说改就改呢？

木李镇镇长周亮说："当时年轻人都很冲，我就跟他们反复解释，方案定了，不代表外迁这扇门就关上了。需要慢慢地做工作，一级一级地申请。"

就在这时候，北李村和三圣村的村民开着车到了省信访局来上访反映情况。情绪激昂，就一个要求，外迁安置，跟他们的邻村白龙村、内清村、南李村、内赵村一个待遇，不能厚此薄彼。

高青县派人将上访群众领回，并表态尽快组织摸底，然后采取措施修改原来的方案，逐级上报。

4个村的龙湾新社区的14栋楼房眼看着长高，6层楼，带电梯，靠近镇政府驻地。北李村和三圣村的后生们，开着车来看，一听到施工单位山东清河建工集团的人们说，将来会装修好，内门、外门、电灯、马桶，都弄好，有煤气、暖气、宽带等等，这里的村民拎包入住。还有如此好事？他们又坐不住了，回到村里一合计，年轻人气呼呼地又开着车到省里来上访。

一周省城上访两次，就一个条件，没商量，跟邻村一个待遇：外迁安置！

说说容易，改起来可就难了。高青县滩区迁建指挥部，还有个顾虑，现在年轻人同意搬迁了，如果有的人，特别是老年人就是不搬，怎么办？省政府的文件，哪能朝令夕改？权威性还有吗？

必须做扎实！不能再出现反复！

黄河滩区指挥部人员先在杨坊管区给村领导班子成员开会，把意见反馈给县里。县里再组织有关部门论证。

高青黄河滩区迁建办的工作人员周文静是亲历者，他待在村里整整忙活了两个月，入户调研，每一户都要签字，同意外迁安置，态度不能摇摆。同意外迁的每一户材料，报到镇上，镇上再报到县里，县里再报到市里，市里再报到省里，两个分管副省长和省长签字同意变更外迁安置，再上报国务院备案。

希望之门终于打开，2018 年 10 月 19 日，鲁滩区迁建组办字【2018】12号文《关于抓紧开展高青县黄河滩区居民迁建外迁安置有关工作的通知》下发。

北李村和三圣村的村民还不信，村民王玉华、李波等非要看到省里的文件不可。红头文件，白纸黑字，看到了，心里的石头才落了地。周文静说："为了改变搬迁方式，他们去省里跑了十几趟。改个方案太难了！需要多少部门啊，由发改委牵头，黄河河务、国土、财政、交通、住建等各个部门，就像一服中药一样，每一味药必须都要配齐才可以，哪一味药也不能缺啊。"

北李村、三圣村两村合并成为昌盛社区，昌盛社区书记王辉说，当时，群众没听明白政策，不知道盖哪里，盖得咋样，老百姓眼见为实。思想上转变得慢。

我们来到三圣村，在文化广场碰到几个纳凉的老大娘，她们异口同声地说："俺们一开始就想搬。"

73岁的杨桂英的娘家在黄河滩外，她自己说，是让媒人给骗到滩区里来的，骗了来，就走不了了，一待就是50年。她说："叫黄河水冲惯了，也不怕了。老房子，盯着柱子，旧了。岁数小的，都不在家。"

那一开始为什么不想搬呢？杨桂英："俺不是不想搬，俺是没听明白。那时，俺也不懂楼房是啥样，还得爬楼，也不知道年龄大了能爬上去吗？"我们告诉她，有电梯，一按就上楼了，不用爬楼。她问："一摁就上楼了，那一摁能下楼吗？""当然能呀。"

我们问："是不是不想离开这个老窝啊？"杨桂英笑着说："也真是，在这里住了这么多年了，你说，说走就走了，还真是不舍得。"

杨桂英家要了两套房子，一套是120平方米，一套是60平方米。

顿了顿，她自言自语："慢慢学着坐电梯吧。"

77岁的王云娥说："在滩区里，就是不方便，见天爬大堰，赶集爬大坝，下雨出不来，过去是土坯屋，我结婚后盖好几回房子了。这回住上楼了。谁说俺不想搬，俺一开始就想搬。"

陪同我们采访的滩区拆迁指挥部的人们也都笑了。

我们还采访了原北李村支书吴凤英，她说得很实在："一开始确实大多数人不想搬，你想，搬家后，买菜得花钱，吃水得花钱，原来你种啥吃啥，不用花钱。老人，对土地有感情，你说，让他不拾掇地了，他不习惯。而年轻人为啥想搬，年轻人对土地没有那么深的感情，他们从小就在外面，对村庄的依赖性小。"

为了让老百姓能搬得出，住得稳，还得能致富，就在他们新社区紧邻，得益乳业建起了一、二、三产业生态循环奶业基地。得益乳业第二牧场副厂长李炳琛说："目前，外面的牧场能提供300人就业，人均收入5万元，缴纳五险。将来生态循环奶业基地建起来后，能带动1300到1500人就业。外面在滩区社区旁边还建了得益文旅，整合种植养殖，搞体验式旅游。"

新社区的门，正对着牧场的大门，滩区群众，在家门口就业，不是梦想。

搬与不搬之争，看似小事，但小事不小，事关民心所向。各级政府妥善处理，不忽略每一个细节，克服种种困难，以人民为中心，以足够的耐心，以坚定的决心，以一颗颗滚烫的红心，做到让老百姓放心，舒心，安心，开心。这不就是总书记反复强调的不忘初心吗？

大户型与小户型之争

黄河滩区迁建，考验着干部，也考验着滩区群众，群众多有防范心理，老怕吃亏。一开始，搬不搬是问题，终于想通了，搬，选大户型房还是小户型房又成了问题。幸福来得太突然，举棋不定。

惠民县大年陈镇刘家圈村村民317户，有20多户就是不同意搬迁，滩区迁建办的人天天靠着，啥法子都用上了，忆苦思甜、致富思源，但是，就是不搬。有的人还散布："这是镇上搞的房地产，要赚咱们的钱。""这是镇上的政绩工程，花架子。"

当然，还有一些老人从情感上就不接受搬迁的事实："俺听不到黄河水声，就睡不着。"

面对这一切，只能等待着慢慢觉醒吧，社区新址在乡镇驻地，一层层"噌噌"开始建，"钉子户"悄悄地骑着摩托车来窥探，觉得政府这次来真的了。回去通风报信，齐刷刷地，都来看。最后下了决心，搬！

刘昌俭一家9口人，住在205平方米的小院子里，房屋面积是100多平方米。儿子、儿媳、孙子、孙女，生活多有不便。最后逼得没法儿，儿子一家搬到外地打工去了。

搬迁协议签订时，刘昌俭一开始就没考虑儿子，就想要小户型的，他自己打算盘，以后住楼成本高，啥都花钱，得留下养老钱。按规定，每人平均40平方米，他可以要三套房，但是，他琢磨着能少要就少要，能省就省。

可他到村里一转，一打听，大家都要大户型。他就纳闷。问邻居，邻居说，这是大产权房，房子是你的财产，你可以用来买卖、贷款。再说了，门窗、坐便器、洗脸盆都给你安好了，你可以拎包入住。他赶紧回家，开家庭会商量，决定把上级规定的面积全部买下来。钱不够，贴钱也要。

老刘家要了两个120平方米的，一个80平方米的。两个大的，给两个儿子，虽然两个儿子在外地打工有房子，但是，家也得有啊。他自己住小的。"上级给的福利，咱得用足啊！"刘昌俭说。

像刘昌俭这样的，刘家圈村还有不少户。杨方桂说："一开始，俺的选择是，宁要小的不要大的。过了两天，改了，宁要大的，不要小的。我觉得这样划算。就要了两套，一套是120平方米的，另一套是80平方米的。"

满头白发的刘启立，硬拉着我们到他家里做客，他住在桃乡名郡的2号楼101，没装修就入住了。他领着我们参观客厅、厨房、卧室、书房，还有阳台上的鲜花，他脸上始终挂着幸福的笑容。刘启立的老伴正切着一个西瓜，赶紧把切下的一块递过来，请我们吃。她笑着说："瓜很甜。"

刘启立送我们下楼，他对我们说："这里啥都好，就是一个不好。"

我们问："什么不好？"

刘启立回答："没有公共厕所。能不能建一个？请向上级反映反映，好吗？弭镇长。"

刘启立连着说了三遍。弭善福说："原来计划要建厕所，但是，建到哪座楼下，哪座楼的人都不乐意。"

楼下纳凉的人七嘴八舌。

"建啥厕所啊，家里不是有厕所吗？"

"他是用坐便器解手，不习惯。"

"他是占便宜，上公共厕所不花钱，自己家的厕所还得冲，浪费水啊。"

"小区一共 6 栋楼，建啥厕所啊。"

"建个公共厕所也行，突然内急了，还得上楼。老年人，尿频，还憋不住。再说，还有外面的人到咱这里玩呢。"

"当初建的时候，该考虑一下，设计上公厕。"

"都别争了，没厕所，也比咱们以前强，以前不都是到猪圈里去蹲着解手吗？"

没有公厕的烦恼，是幸福的烦恼。

原来村子叫刘家圈，为啥社区名字叫桃乡名郡呢，我们猜想，小村流转土地 1000 亩，要规模种植蜜桃，蜜桃三年结果。这不就是桃乡吗？刘家圈摇身一变成了"桃乡名郡"，一个华丽转身。

第十一章　惠民：下一番"绣花"功夫

黄河到了下游，特别任性。据《汉书·沟洫志》记载，汉鸿嘉四年（公元前17年），黄河决口，"灌县邑二十一，败官亭民舍四万所"，为宣泄黄河洪水，河堤都尉许商于当年开挖了一条河，这条河成为黄河的一条支流，名之曰商河。商河自今高唐起，经禹城、临邑、商河、惠民、滨城，至沾化分为二支入海。此后，在黄河与商河之间又出现了一条土河。明中叶，商河在惠民南与土河合流，从而形成了徒骇河。

徒骇河是黄河逼出来的河，也有着泛滥的野性。清咸丰《武定府志》记载："在惠民县东南二十里，明景泰中徒骇河溢，北入黑洼渚，因凿此沟导洼水入沙河。岁堙塞，嘉靖二十四年大水，佥事王煜再加疏浚，民甚赖之，因名惠民沟。"

惠民县名因河而生。让河惠民，是历代百姓的期盼。新时代，黄河滩区扶贫迁建，在惠民县真正"惠民"了。

但惠民，不是一句话就能完成的。习总书记强调脱贫攻坚要精准，有的需要下一番"绣花"功夫。

"绣花"是一门比起一般技艺而言更讲究专注力的功夫，需要集中精力、全神贯注，在一穿一引间用一针一线缝制出精美绝伦的图案。"绣花"功夫的练就并非一朝一夕、一蹴而就，在这个需要投入大量精力的漫长过程中，若存在太多的干扰，就算有再好的功夫，绣出的图案也未必尽如人意。具体到黄河滩区迁建，需要基层干部的耐心与专注，把"绣花"功夫用到点子上。

总书记教了一个具体方法

黄河在惠民县境内流程 46.28 公里，原来在黄河滩区居住的有 4 个镇，其中清河镇、魏集镇和李庄镇 3 个镇在五六十年前就已经迁出，唯有大年陈镇的刘家圈村、河下于王口村、东郭村和东刘旺庄等 4 个村子还在滩区内。这一次的滩区迁建工程涉及刘家圈、河下于王口、东郭、东刘旺庄 4 个村 121 户 443 人。其中，刘家圈村属于整村搬迁，共 317 人；河下于王口等 3 个村 126 人，另有随迁人口 60 人，为部分滩区户搬迁。

河下于王口村、东郭村在 1997 年、2014 年曾经历过两次搬迁。当时的政策是在滩区外给每户一块宅基地，每户补助 8000 元，自建房屋。大多数滩区居民已搬到滩区外自建的房屋内生活，并按要求拆除了滩区的原住房。但有少部分户，滩外自建的房屋没有全部建完，或者是已建完却并没有搬到滩外，以放各种农具等为借口，没有按要求拆除滩区内住房，后来有的户为了种地方便，干脆又搬回滩区内生活居住，部分滩区住户在滩区内外都有宅基地和住房，现实情况较为复杂。

大年陈镇的常务副镇长弭善福说，为了加快推进本次滩区迁建工作，解决好历史遗留问题，让所有滩区群众居住环境得到明显改善，2017 年 9 月 4 日，大年陈镇党委书记汤涛、镇长黄涛等主持召开了镇政府关于"黄河滩区居民迁建外迁安置工程项目专题"的第一次会议。他们集体学习研讨上级有关文件精神，决定成立专项工作组，由常务副镇长弭善福担任工作组组长，具体负责本镇居民迁建外迁安置工作。黄涛镇长在会上说，此项工程是全镇乃至全县工作的重中之重，各个部门要切实负起职责。

弭善福清晰地记得，也就是在 2017 年的 3 月 8 日，看《新闻联播》，他学到了一个新说法。那天习近平总书记在参加全国人大四川代表团审议时提出，改进脱贫攻坚动员和帮扶方式，扶持谁、谁来扶、怎么扶、如何扶，全过程都要精准，有的需要下一番"绣花"功夫。

"'绣花'功夫，这个提法，让我印象特别深。其实，一切优秀都来自于'绣花'功夫。没有这个功夫，于人来说，就是松松垮垮，马马虎虎，这样的人不让人放心。于工程来说，就被冠以豆腐渣、半拉子、劣质的标签，这样的工程不让人放心。习总书记用'绣花'功夫比喻扶贫攻坚，很形象，很接地气，大家一看就懂，说到底，是教了一个具体方法，大有深意。黄河滩区迁建，也是精准扶贫的一部分。我们理所当然地要下一番'绣花'功夫。"弭善福说。

用总书记教的方法干，还真管用。

耐烦，就是能耐住烦

在弭善福的办公室里，我们看到了厚厚的一本会议记录。我们一页一页地翻阅着，从 2017 年 9 月 4 日在镇政府会议室的会议记录开始，接着就是 9 月 6 日在榆林社区的会议记录、9 月 9 日在郭口社区的会议记录……从会议记录的时间我们感受到会议的密集，而最密集的阶段几乎是每天都有会议，每一次会议记录的内容，都详细到开会时间、地点、参会人员和各种问题。

弭善福说："'绣花'功夫第一位的是耐心，也就是能坐住，坐不住，你就无法绣。耐烦是耐什么呢？是耐住烦，一针一针，看似动作不停地在重复，但是每一针都有细微的不同，而这看似重复的动作，时间长了，就让人烦。要不烦，就得找到节奏，有了节奏，心才能稳住。"

我们从会议记录里发现了问题最多的是刘家圈村，例如9月13日在刘家圈村办公场所的会议记录、9月14日在刘家圈村办公场所的会议记录、9月15日在刘家圈村办公场所的会议记录、9月16日在刘家圈村办公场所的会议记录。每一次会议村民代表们都提出若干问题，而下次会议要答复上次会议提出的问题，同时村民代表们又提出了新的问题。

弭善福的话，引发了我们的思考。"绣花"功夫，在于下针准、下针稳、下针有手感，用句文雅的词，就是有创意，针随心走。

2017年9月13日，弭善福带领工作组开始到刘家圈村挨家挨户摸底，了解每户的实际情况，询问他们是否愿意搬出去住楼房。之后多次在村里召开座谈会，切实听取群众意愿。

弭善福叮嘱他的"战友"们：耐烦，要耐烦……

刘家圈村在大年陈镇4个村中的户数、人数最多，情况也最复杂。在1986年的那次洪水后，村里筑了4米多高的村台，整村的房子都建在村台上。1996年的那场特大洪水淹没了道路，却没有淹到村台上房屋，当时虽然房屋没有受到损害，但整村人很长一段时间出行要靠划船。

当初，由于村台面积有限，每家无论人口多少，分到的院落都一样大，后来有些人家儿女们搬出了滩区，实际居住人口很少；有些人家则是全家四代人都挤在一个院子里，非常拥挤。刘昌俭一家9口人，住在205平方米的小院子里，房屋面积是100多平方米。儿子、儿媳、孙子孙女，生活多有不便。村里的年轻人大多外出打工了，老人多，年龄大了，故土难离，都不愿意再折腾搬楼房。况且经历了1996年的那场大水后，他们认为住在村台上也没有生命危险。老百姓还有个说法："搬家穷三年"。

村民们纷纷议论，楼房所在地菜价普遍较贵，我们现在可以自己种点菜，吃菜不用买，这个问题怎么解决？以后怎么种地？没有土地我们怎么生活？部分村民表示住楼房费用太高，生活负担重，生活不方便。搬不起、住不起。

弭善福叮嘱他的"战友"们：耐烦，要耐烦……

村支书刘庆炎问：楼房有没有房产证？楼房啥性质？以后能否买卖？取暖问题如何解决？按照房屋折价补偿政策，群众到底能补贴多少钱？什么标准？具体方案是什么？怎么分配？贫困户没钱怎么搬？

翻看9月19日在镇政府会议室的会议记录，弭善福对前期工作做了简要通报，重点汇报了前期刘家圈村提出的各项问题，希望在会上可以认真研讨，以便做出答复。

扶贫办表示，贫困人口的界定程序必须要严格按照上级有关规定执行，关于享受政策问题，将会持续跟进，保证贫困户的合理权利不受损失。

民政办表示，五保、低保的问题，只要符合条件的群众，都会积极受理其申请，积极向上级部门协调、联系，确保群众在此次迁建过程中相关权益能够得到保障。

人社所表示，就业问题会及时与上级有关部门联系，在就业安置方面做出合理的应对方案。

其他有关单位表示，公益性岗位将优先录用滩区群众。同时将会积极引进相关产业，优先聘用滩区居民，保证他们能够及时就业，减轻负担。

电力、水利方面均表示积极配合工作，及时解决困难，促进工作进行。

国土部门表示，可以协助办理房产证，在土地性质方面与上级及时沟通，做出解决。

黄涛镇长征求意见，住楼费用高，是不是可以采取免除部分物业费的方法来解决一下。生产生活用水问题，可以在安置区内打2—4个深井，解决用水贵的问题。

汤涛书记再次重申了搬迁工作的重要性，希望小组成员担起职责，积极作为，对滩区群众有个答复，及时说明，做通工作，推进落实。

细心，就是用志不分，乃凝于神

"耐心有了，紧跟着就是细心。一针又一针，不能粗拉，一针落了也不行，一针不准也不行。一幅刺绣作品，有可能因为几针没扎好，而成了次品，所以细部、精准最关键。"弭善福说，"有些问题，看起来都是规定动作，看起来都是老套路，但是，你是否真做实了、做细了、做精了、做周全了？细心也是一种智慧。"

紧接着是 9 月 20 日在刘家圈村办公场所的会议记录，是弭善福传达镇领导对村民代表们的答复。

一是镇的公益性岗位、相关企业将会优先录用滩区居民，以解决就业和生活问题。

二是将会采取置换或者租赁的方式在安置区周围划分菜地，供大家种菜，减轻其生活负担。将会在小区内打深井，解决部分生活用水。

三是在小区周围建设储物间，供大家放置杂物、生产生活用具。

四是低保、五保、贫困户问题镇有关部门会积极协调，优先入户调查、帮助申报相关材料。

五是楼房为大产权，会给大家办理房产证。

六是免除 5 年物业费，解决费用问题。

村支书刘庆炎表示，希望政府能够及时兑现，不要辜负群众的期望和信任。

村民代表希望对土地问题做出答复，搬出去后，种地问题是个大问题。老百姓没别的出路，就靠地了。

9 月 21 日在镇政府会议室的会议记录，又是新一轮的工作情况汇报。弭善福通报了群众反映强烈的关于土地耕种的问题，部分群众还是希望能够有地种。

镇人大常委会主任吴成泉认为可以通过土地流转的方式进行解决，而且土地流转是个大形势、大趋势。也可以在安置区附近置换部分耕地，采用滩区内耕地置换滩区外耕地的方式，解决群众的种地难题。

与会人员表示土地流转、土地置换是一个很好的思路，可以结合实际进行推进。

9月23日在刘家圈村办公场所的会议记录，弭善福答复村民代表：镇政府开会研究决定，搬迁后不愿意种地的，可以统一流转出去，每亩每年补偿1000元，放心外出打工。愿意种地的，可以用滩区内的地与滩区外的地等量对换，以方便种地。

这些会议记录一直持续到2019年5月5日。

厚厚的会议记录，每一个字都是一个扎实的脚印，每一句话都是一串艰难的足迹，真实地再现了那段时间弭善福等工作组成员的工作境况。

说起那些进村入户、走街串巷做思想工作的日子，弭善福无奈地笑着，圆圆的脸，细长的眼，若不是戴了一副黑框的眼镜，他和善的笑脸真有点像弥勒佛。

之前，为了确保公平公正，确保各户正当利益，保证各户对房屋面积及地面附属物补偿价格满意，他们专门聘请了第三方对滩区内房屋进行了专业的测量、评估、定价。可是群众说不同意搬迁，不让评估人员进门。

弭善福等工作组成员多次入户摸底，拿政府的文件给他们看，向村民们讲搬迁政策，讲镇领导之前对所有问题的答复和落实，又多次在村里的座谈会上和村民代表们协商沟通，终于取得了村民们的信任，他们敞开了家门。由第三方济南正源房地产评估事务所有限公司进行了专业的测量、评估、定价，并出具专业的评估报告。确保对各户的补偿公正、公平。

弭善福一遍一遍地叮嘱他的"战友"们："细心，再细心……"

所有的评估报告出来后，工作组拿着评估报告再去挨家挨户和村民算细账，让他们各户确认一下评估结果，看一下有没有漏项。并告知他们旧房评估价格是多少，楼多少钱，扣除政府补贴，差额是多少。

　　评估之前村民们的期望值并不高，认为村里中等质量的房子能换套 80 平方米的楼房不拿钱，就挺满足了。可是一算细账，旧房能换接近两套 80 平方米的房子，而且有些差的房子因为居住人口多，按人口计算的补贴多，统算下来比好的房子少不了多少钱。人口少、房子好的村民不平衡了，他们按照旧房的评估价格也可以要两套，有人还提出要有车库。

　　弭善福等镇领导综合考虑各种不平衡原因，直到 11 月底才拿出方案。新方案细化为 4 种情况可供村民自愿选择，一是按照人均 40 平方米的指标，可供人口多的村民选择。二是根据旧房的面积乘 1.3 的系数折算楼房面积，可供人口少的村民选择。三是省里拨付人均 3.49 万元的搬迁补贴，调整为人均 1 万元，缩小每户村民人口多少之间的差别。剩余资金可以冲减建房成本。四是指标面积和折算好的面积兑换楼房都按成本价每平方米 1100 元计算，超出面积按 2200元计算。

　　弭善福以为出了如此周全的方案，刘家圈村的村民们一定会心满意足地签下评估确认表。他了解村民们，只要是他们签了评估确认表，就是认可了这笔账，一定会顺利地签搬迁协议。他们都是守信的人。他知道镇上为了尽快完成搬迁工作，特意拿出资金奖励签协议的村民，奖励通知规定第一天签协议奖励5000 元，第二天签协议奖励 3000 元，第三天签协议奖励 1000 元，第四天以后签协议没有奖励。他想办法先让村民们签评估确认表，就是为了让所有的村民们都能在第一天签协议拿到 5000 元的奖励。

　　想不到仍然有不签评估确认表的村民。刘家圈村分南队和北队两个队，弭善福发现北队都签字了，南队都不签。弭善福带着疑惑进一步了解后，发现不签字不是因为对搬迁政策不满意，而是因为一些微妙的或者难以启齿的家庭矛盾造成的。

比如有兄弟俩两家都不签,哥哥在外面做生意,不在村里住。弭善福带领工作组去弟弟家里做工作时,弟弟开口就问:"搬迁是自愿吗?"得到答复:"是。"弟弟接着说:"那你们回去吧,我们不愿意搬迁。"接着就啥也不说了。

后来弭善福他们再找兄弟俩的亲戚反复了解,才得知实情。原来兄弟俩的父母是独立居住的,涉及父母归谁抚养,父母房子的指标怎么分,谁先签字,谁就得先说开此事,碍于情面,兄弟俩都靠着想等对方先开口。

弭善福一遍一遍地叮嘱他的"战友"们:"细心,再细心……"

弟弟认为哥哥做生意父母贴了些钱,父母应该由哥哥养着。可是哥哥认为,给父亲看病早把父母帮他做生意的钱花没了,他又不在村里住,父母应该由弟弟抚养。但弟弟有两个女儿,哥哥家里生的是儿子,弟弟又怕即使自己掏钱帮父母买好楼房,将来父母走了,房子也会传给孙子,不可能给孙女。

后来,弭善福把兄弟俩约到一起坐下,开诚布公地交流,弭善福直接把问题说出来,然后提建议,父母的指标归弟弟,弟弟负担父母的楼房差价,但父母百年以后房子归弟弟所有。父母今后生病的医药费一家一半。兄弟俩听了都很满意,愉快地签了评估确认书。

弭善福带领的工作组原本是做搬迁的思想工作,现在却转化为解决家庭矛盾。刘家圈村总共89户人家,大多数沾亲带故,有些人家平时不走动,一遇到红白喜事,就都坐到一起了。当时有20户村民怎么做工作就是不签字,拒绝签字的村民联合起来了,在村里散布谣言,说刘家圈村要搞乡村旅游,到那时房子就值大钱了。现在政府忽悠咱们搬走,就是想用咱们的房子挣大钱。村民们还挑唆一名70多岁脑子有点病的老太太,只要看见工作组开车进村,老太太就躺在车前面。其余的村民就大喊起哄:"都来看!快来看!政府逼出人命来了。"连续几次如法炮制。

弭善福叮嘱他的"战友"们:"细心,再细心……"只有设身处地,细心、耐心地倾听,才能细心、耐心地去一个问题一个问题地解决,就像一针一针地绣下去一样,每一针都不落空,每一针都扎得那么稳。

后来工作组把车停在村外,步行进村,可是一进村,村民们全部跑回家大门紧闭,让工作组无法进门。再后来工作组分好几个组同时进村,分别进户,结果你去一家,人家不理你,接着离开去通知其他几户人家,最后这些人家还建了微信群,一个人看见工作组来了,接着在群上一说,大家立刻都知道工作组进村了。

直到老太太的儿子选上了村干部,儿子参加村里的座谈会,发现村民们说的都不对。儿子是村委会委员,也随工作组一起做工作。工作组经过几个月的努力,除了 6 户做不通工作,其余都签了评估确认书,并在规定的时间签了搬迁协议。

绣花需要功夫,功夫就是技艺,就是智慧,也就是得有点儿专业性。做群众工作也需要功夫,需要智慧,也得需要有点儿专业性。专业性来自哪里?来自调查研究,来自实事求是。授人以鱼不如授人以渔,要站在统揽全局的高度,找原因、找方法,才能寻找一条更适合的方法。"绣花"功夫,绝不是花拳绣腿,它体现的是责任、是担当。

2017 年 12 月 26 日安置区桩基工程开工建设,2018 年 3 月 28 日主体工程正式开工,2019 年 3 月 28 日在新社区"桃乡名郡"举行了"黄河滩区居民外迁安置入住桃乡名郡仪式"。

那 6 户不签协议的村民心动了,他们主动签了搬迁协议。

2019 年 5 月 1 日,刘家圈村、河下于王口、东郭、东刘旺庄四个村 121 户 443 人全部搬入"桃乡名郡"社区的楼房里。

脑子里就像过电影

如今我们站在刘家圈村曾经的村台上，烈日当空，一片泥土、砖瓦堆砌的废墟在阳光下泛着白色刺眼的光，往昔那些土坯，或者砖瓦的房子都已不复存在。

这里复垦后的 1000 亩地，将成为蜜桃基地。

弭善福望着眼前的废墟说："搬迁究竟好不好，咱们的政府就是用事实说话。现在老百姓都住上了新楼房，他们嘴上不说，心里比谁都明白搬迁政策好，他们幸福着呢。"弭善福长长地舒了一口气："只要老百姓能过上好日子，我们再苦再累心里也是甜的。"

回忆从迁到建的过程，弭善福说，脑子里就像过电影。

绣花，对织女来说，是一件大事、神圣事。匆匆的脚步停下来，手洗了，心收了，静静地坐下来开始完成这件大事。那尖锐的针尖不仅与丝线交融，更流淌着织女双手的血液和温度。一针一针，把感情融进去，这件织品，就是带着心血的织品，带着肌肤温度的织品。

一件织品完了，一件事就完了，也许是一天，也许是一周，也许是一月，甚至是一年，总要做完它，有始有终，有一丝不苟的第一针，也有绝不马虎的最后一针。"黄河滩区迁建，也是一件大事、神圣事，对这件大事，也得有始有终。我们做了三年，感到很充实。"弭善福说。

《说文·糸部》中，提到"绣"，解释为"五采备也"。五采交织碰撞、搭配的过程，就是绣花的过程。这个过程，需要谋篇布局，先从哪里下针，后从哪里收针，都有思考。绣花离不开感悟，离不开思考。黄河滩区迁建、扶贫攻坚岂不也要如此吗？也要心中有数，有重点，有难点，有关键点，需用心谋划。

　　"绣花"功夫能让我们的生活更精彩，能让我们的幸福指数更高。天地之间，因为有了"绣花"功夫，才有了线条流畅、图案精美、构图合理的锦绣，才有了浸透人间智慧的"手工"。

第十二章　让滩区变景区，让景点变经典

张宝亮很忙，偶有余暇，心里烦躁，他会一个人悄悄来到黄河滩区走一走，看一看十里荷塘的荷花，闻一闻飘来的淡淡荷香，踏一踏黄河滩区迁建撤退道路，听一听荷塘边上的歌声，摸一摸改造提升的村台。从他身边走过的，有不认识他的外地游客，也有能认出他的当地市民。他是滨州市滨城区委书记。

说话声音不高，温文尔雅。张宝亮说："我们把黄河滩区迁建当成黄河开发的重大机遇。部分旧村台改造提升，留住人气；部分村庄外迁，让滩区人变城里人；黄河滩区作为整体进行开发，做足做活黄河这篇大文章。"

容易走的，多是下坡路

这样的决策，基于以下考虑：

黄河流经滨州市滨城区 24 公里。这里是黄河冲积平原，土质肥沃，人为破坏少，自然生态环境好，随着黄河上游小浪底工程建成，这里的水患问题基本解决。黄河滩区靠近主城区，滨城区可游玩处不多，好多人自发地来到滩区，搞自驾游、亲子游等活动，回归大自然，享受田园生活。滩区自然而然形成消

费的地方，但这里缺乏开发，基础设施都是一片空白，自然生态、旅游消费没有释放出来，没有得到引导。

张宝亮说："省委省政府在黄河滩区迁建决策前，我们就谋划怎么对黄河滩区开发旅游，它是个双赢的东西，一是解决老百姓生活困难，二是满足群众旅游需求。当时也做了一些论证，前期做了些工作，反复去南方学习开发先进经验，学习美丽乡村建设的具体做法，请浙江大学搞概念性道路规划。我们有这个想法，有这个思路，但资金是大难题。还有，到底往哪个方向走，脑子思路不是很清晰，有点儿模糊，就在这时，省委省政府滩区迁建措施出台，这是千载难逢的大好机会，省委省政府的措施和我们谋划的思路完全契合。"

省里最初的滩区迁建规划，在滨城区是三种方式，即筑堤保护、旧村台改造提升、临时撤离道路改造提升等。张宝亮说："如果按照这个规划，把村台修修补补，把撤退道路铺铺垫垫，省钱，容易完成任务，相关部门把方案报到我这里，我感觉不行。"

容易走的，多是下坡路，为了老百姓，爬坡也值！

他主持召开论证会，上上下下反复征求意见，最后决定，滨城区 25 个滩区村 18 个不连片的村，实行旧村台改造提升，和城区有一坝之隔的核心部位的 7 个村整体迁出，临时撤离道路改造提升，把"临时"二字去掉，变成坚固的出行道路，进一步再变成旅游路、景观路。

滨城区修改迁建规划，加大好多工作量，要筹措 16 亿资金。最关键的是选址，要选在城区的中心位置。这是自我加压。当时，有好多人，包括一些干部也意见不统一，认为出力不讨好，弄不好要出问题。但是张宝亮认定这是功在当代利在千秋的大事情，不能退缩。

以人民为中心，就是设身处地为人民着想，把好事办好，办实，办到老百姓心坎里。这需要担当，习近平总书记曾在党的十九大上生动指出，行百里者半九十。中华民族伟大复兴，绝不是轻轻松松、敲锣打鼓就能实现的。全党必须准备付出更为艰巨、更为艰苦的努力。黄河滩区迁建，也是中华民族伟大复兴的组成部分，同样"不是轻轻松松、敲锣打鼓就能实现的"。

2019年年初，佘春明担任滨州市委书记，他充分肯定了滨城区黄河滩区把迁建与开发相结合的理念，并于3月31日，实地考察滨城区黄河滩区迁建中打造的十里荷塘景区。他要求，加强区域环境综合整治，实施绿化带提升改造，建设组团式、开放式的融绿化美化与观光旅游为一体的乡村旅游带和生态观光带，使市民能放眼欣赏美丽风景，体验与城市不同的生活；要积极吸纳社会资源参与，以乡村地域自然风光为基础，与当地的传统文化结合起来，注重挖掘本地名人事迹、历史传说等，结合历史和现实，形成具有乡村旅游气息的画面。

张宝亮说："佘春明书记对黄河一往情深，他说，滨州这个城市是滨海之滨，黄河之洲，滨州以河而兴以河而建，现在我们挖掘和放大黄河文化做得不足，和城市结合点不够。我们靠近黄河，就要走近黄河，朋友来滨州，要有不到黄河边就没有到滨州的感觉，要做到这个高度。我们听了很受鼓舞。"

"不能干，你说话。"

滨城区的黄河滩区迁建进度比省里规定的进度慢了。为什么慢了呢？张宝亮专门去省滩区迁建办汇报。进度慢的原因，无他，就是他们的速度服从高标准，服从高要求，服从高质量，服从老百姓的向往。

张宝亮赶赴济南黄河滩区迁建办汇报："因为难度大，所以进度赶不上。希望给我们一点时间、一点空间，我们要打造成滩区迁建的一个亮点。"

迁建的选址标准高，毫不含糊，就选在主城区。

"祖祖辈辈住在黄河滩区，有水患危险，但也是老窝啊。要搬出来，如果选的地方不满意，老百姓搬起来也不会痛快。所以，就要拿最好的地块，选就选在人气旺的地方，在政府机关附近，公园附近，学校附近，医院附近。让老百姓看到搬迁的好处。"张宝亮说。

7个滩区村是市中街道办事处管辖的，选址占用的却是市西街道办事处辖区的地。不同办事处，不同的村居，还有历史积怨。当时村民不接纳，村干部也不接纳。他们有个朴素的想法，就是外地开发商来开发有收益大家会同意，但这是政府征过去，用于别的村居住，坚决不同意。

2018年年底，地还没征下来，咋回事？张宝亮也有点儿坐不住了。他就找到当时的市西办事处书记封志国，封志国来到张宝亮的办公室，一句话不说，张宝亮晓以利害，希望他再难也要把地征下来，为大局服务。

封志国面露难色。

张宝亮提高了嗓门，说："能干还是不能干？不能干，你说话。"

封志国沉默了一会儿，大声说了一个字："能。"

大冷的天，老封额头上都冒汗了。

封志国兑现了诺言，腊月三十，还跟干部们一起靠在村里。新年的正月初五，工作做通了。

"那一阵儿，封志国被逼得不轻。他没过好年。"张宝亮说。

现在市西街道办事处的居民想通了，这里建起的小区，能接纳4万人，这是多大的消费群体啊。接纳，需要理解；接纳，需要过程；接纳，也需要觉悟。

"黄河滩区迁建，滩区群众配合，不容易，接纳滩区的群众，也不容易。参与滩区迁建的基层干部更不容易。"张宝亮说。

全省黄河滩区迁建过程，唯一把滩区群众迁移到主城区的，就是滨州市的滨城区——黄河馨苑，齐刷刷的，18栋楼！这也是滨州建市以来最大的民居工程，总投资15个亿。

"想当然害死人，不抓落实是犯罪。"

"滨城黄河馨苑建设群"是个微信群的名字，里面有滨城黄河城建综合开发有限公司的职工，还有区委书记张宝亮和区长张瑞杰等。滨城黄河城建综合开发有限公司董事长兼总经理王丙章说："有时，书记、区长会为我们的职工点赞。"

王丙章他们是黄河滩区迁建开发主体。自 2017 年 10 月接受任务起，所有人就几乎天天泡在工地上。工地离王丙章的父母家 1 公里，但他 3 个月也回不去一次。这个 43 岁的硬汉子，毕业于南昌航空工业学院，他的二宝 4 岁了，孩子去幼儿园他没接送过一次。

"我们雷打不动的是，每天早晨 6 点起床，6 点半到工地，7 点半开例会，包括节假日。例会上，建设、施工、监理三方，报告头一天的情况，存在的问题，然后布置新任务。"王丙章说，"每天晚上加班，领导班子成员都要盯靠。"

我们看到，指挥部墙上的大大的红色标语，写的是："想当然害死人，不抓落实是犯罪。"

就是要杜绝"想当然"，就是要杜绝"不抓落实"！

桩基工程，合理工期是 70 天，他们用了 20 多天。遇到暴雨天气，他们采取盖塑料布、铺钢板等措施，歇人不歇马。保证工程顺利完成。

材料进场时，无论是夜里 3 点还是更晚，他们都要严格检查，保证优质材料，从源头上杜绝一切漏洞。

为不耽误施工方宝贵的施工时间，有时安排在夜间验收。

……

他们公司 13 人，平均年龄 40 岁左右，用王丙章的话说就是："上有老、下有小，中间还有他大嫂……"

其实工地上，就有"大嫂"——李红卫，公司副总经理，长年盯靠工地，婆家在惠民县，接到任务后，基本没回去过。李燕，是国家注册监理师、咨询师，管理整个小区的材料，来回在工地上转，爬上爬下，一转一身汗。

说起难忘的事，王丙章说："因为环保要求，打桩泥浆池，不让上路，只能在工地内。白天要盯着，晚上，我们天天拿着手电筒巡逻，一个水泥浆池，大约有一个足球场那么大。记得2018年的某天上午，我和房管局杨成局长转到泥浆池附近，突然看到有滴漏，是溃坝了。我们直接跳到泥浆池里堵住了口子，因为着急，连手机都没掏出来。接着，又有十几个人也跳到了泥浆池里。最后，挖掘机开进来，抓土把漏洞填上。我们浑身水泥跳出来。"

一个敬业的团队，视自己的职业为神圣，视自己正在做的事情为神圣。

公司副总经理高玉国，天天靠在工地上，原来血压正常，现在竟然成了高血压。公司副总经理潘光辉，身患股骨头坏死，为施工单位跑手续一天没耽误。36岁的工程部经理郭建柱，有两个孩子，但是家也顾不上。"你看，他的头发都少了。"王丙章说。

施工的单位，挑选的是最优质的城建公司，由中冶等中字号承建。王丙章说："我们没吃施工方一顿饭，每到节假日到来前，我们都买上菜、肉、大米等，慰问他们，请他们吃顿饭。酷夏时节，我们买上绿豆、藿香正气水等送到工地上。"

打造黄河滩区迁建"升级版"

我们跑了黄河滩区迁建的各个新区，相关县区都有"黄河滩区迁建办公室"，但是只有滨城区叫"沿黄开发建设指挥部办公室"。办公室名字的改变，大有深意，沿黄开发，已经远远超出了迁建的范围。

张宝亮讲过一个亲身经历的故事，过去滩区夏季的水排不出去，有个女企业家在滩区搞了几个生态大棚，一场雨淹没了，她哭着打电话说："书记，您来看看我的大棚，全淹没了……"让他帮着解决难题。张宝亮承诺，一定搞好排涝问题。他们投资 1000 多万的资金，解决滩区的排涝问题。

如今，过去的滩区，变成了荷塘，成了"十里荷塘风景区"。十里荷塘项目，是滨城区沿黄综合开发建设项目的重要组成部分。

十里荷塘项目的核心景区，位于黄河大桥以东、黄河以北，占地 1200 亩，总投资 6000 万元。目前，景区各重要节点工程基本竣工，河道挖掘完工，木栈道、水车、瞭望塔等安装完成，荷塘面积达 500 亩，引进种植波中月影、白洋淀红莲、晓月凉风等 80 多种观赏荷花 7 万余株，投资 1000 万元的观光火车项目已投入运行。景区及车行道沿线种植油葵 3000 余亩。

张宝亮说："我们将通过举办荷花为主题的乡村文化旅游节，做大荷花经济产业链，做强果蔬采摘、农事体验、乡村民宿等项目，在一产基础上发展第三产业'乡村休闲旅游'，实现农事与景事交融，推进农业'新六产'，加快滨城的新旧动能转换。"

十里荷塘项目是滨城区沿黄综合开发的集中缩影。他们还抓住黄河滩区迁建中的撤退道路工程，重点建设贯通东西的沿黄骑行绿道和车行道两条道路，黄河滩区撤退道路，变成了出行道路，再进一步，变成两个观景旅游道路；以"沿黄风情二十里"各大景点为依托，建了吸引游客驻足休息的八处驿站；以黄河大桥北端两侧片区为重点，建了引爆沿黄人气的地标性景观"农业嘉年华"；以地域特色为主线，打造融合乡土中式文化和滨城文化的 7 个民俗文化村。成立了东方黄河旅游开发管理公司，通过市场化运作，明晰产权归属，确保后续管理运营有序。目前，沿黄开发累计投入 2.5 亿元。

"在不远的将来，我们滨城区的黄河滩区，将成为旅游休闲的目的地。沿黄的 18 个村，将成为 18 颗串起来的珍珠，我们要打造黄河滩区迁建的升级版。"张宝亮说。

第十三章　旧村台提升：改造出"高颜值"

2018年4月，全省黄河滩区脱贫迁建工作中旧村台改造提升工程类第一个获批的工程项目选在了利津。改造出"高颜值"的旧村台提升工程就此拉开序幕。

黄河滩区迁建，是个复杂的民心工程，牵扯到方方面面，稍有不慎，就会引发不可预知的事件，影响大局稳定。比如对至今仍在发挥作用的旧村台，是留还是拆？留多少，拆多少？保留和拆除的标准尺度是什么？一直在探讨。好事要办好，为老百姓办事，就得盯紧老百姓的所需所盼所思所想。

知屋漏者在宇下，知政失者在草野，知村台者在滩区。为此，省专项小组办公室多次赴济南、泰安、东营等地实地调研，与当地群众座谈交流，在充分尊重群众意愿的基础上，探索提出了"防洪预案＋购买财产（房屋）洪水保险"的解决方案，得到国家发展改革委和水利部黄河水利委员会的认可，避免了百姓外迁带来的损失，也避免了调整安置方式带来的大规模追加投资问题。

扶贫要精准，迁建也要精准，做群众工作更要精准。唯精准者胜。全省改造提升旧村台工程，主要集中在济南长清、滨州的滨城区、东营市的利津等区县，《山东省黄河滩区居民迁建项目和资金管理暂行办法》明确规定，该项目以县为单位编制项目实施方案（含洪水影响评价类审批要求内容），达到初步设计深度，省水利厅会同省发展改革委、山东黄河河务局组织专家进行联合评审，并报水利部黄委复核，市级投资主管部门依据黄委复核意见批复后，由县级人民政府组织实施。改造提升旧村台 99 个，投资 17.7 亿元，全部由省级资金承担，共安置 1.57 万户、5.53 万人。

自接到黄河滩区脱贫迁建任务以来，利津县高度重视，多次到上级部门进行沟通对接，紧锣密鼓地筹备各项工作。2017 年年底前完成了推进方案制定、实施方案招标、村台高程实测和工程方案初审等前期工作。2018 年 2 月 28 日一期工程实施方案通过黄河水利委员会复审，3 月 3 日省工程咨询院对实施方案进行了评审，3 月 19 日获东营市发改委立项批复。

"利津县黄河滩区旧村台改造提升工程涉及北宋镇、陈庄镇及利津街道 3 个乡镇街道、19 个行政村。去年，全省 100 个旧村台改造提升工程共开工 15 个，我县占了 12 个，走在了全省前列。"利津县发展和改革局副局长高健说。利津县黄河滩区旧村台改造提升工程坚持先行先试，攻坚克难，大胆探索，对全省此类工程提供了可复制、可推广的经验做法。

"我也活成了大树，扎下根了！"

2019 年 5 月 30 日下午，我们来到利津县北宋镇高家村，村里距离黄河岸边最近的一户离黄河只有 200 米左右。我们在窗明几净的村委办公室里开了个小型座谈会。最能说的是 80 岁的高新志老人。他说："自打记事到现在，我搬了 5 次家，这次旧村台改造提升，再也不用搬家了。啥叫安居？不搬家就是安居，安居了，也就心安了。"

高新志回忆，小时候每年雨季黄河水都会漫到村里来，地里边、房台上甚至家里面都是水。有一年村里漫了 3 次水，麦苗刚露头地里就淤了，村民只能用铁耙子扒拉出来拖泥带水的麦苗，等到水退了再种，一亩地小麦有时连 100

斤的产量都没有。吃不饱的村民只能携妻带子四处乞讨。"我俩儿子都是在要饭路上生的,在蒲台,生了一个,名字叫蒲台,隔了三年在桓台要饭,又生了一个,起名叫桓台。"

然而,最让高新志揪心的还是被大水驱离家园。1949年春天,是被迫第一次搬家,他当时10岁。"房子冲了,只能投亲靠友,俺家搬到四图村,一住就是6年。"寄人篱下的日子,高新志说起来还掉眼泪,"看着人家孩子手里拿着个黄玉米饼子,都馋得咽唾沫啊!"

第二次搬家是1960年,搬到离现在新村不远的两公里处,都是临时搭建的土屋子。前两次搬家,都是冒着生命危险逃离被淹的村庄。"我记得,那会儿种高粱,高粱不怕水淹,麦子收完就种高粱。可是黄河一上水,收高粱穗又成了难事儿。地里全是水,我们就把家里做饭的大锅取下当船,蹚着水把高粱穗放到锅里推着走,锅沿儿划得手出血。"说起当年的艰辛,高新志连连叹息。

1973年,高新志和高家庄村民就都搬回现在住的这个地方。然后是1983年筑村台改造,高新志又搬出去,一直到1985年搬回新居。

第五次是1990年。高新志说,过去盖房子,都是一家垒一个房台,你垒得高,我比你垒得还高,七高八低,各顾各的。而这次,是村里统一筑一个大村台,统一规划。这个好。这个只有共产党能办得到。

随着时间的推移,上次搬家时村里建起的5米多的高台已经开始损坏。这一次,他看到电视上又要搞黄河滩区迁建,他们的房子搬还是不搬?高新志心里直打鼓。他三番五次地打听,还问过当村支书的侄子高占明。侄子告诉他,2016年,高家村确实被列为搬迁村,但是巨额的搬迁费用又成为令人头疼的问题。省里后来调整了方案,他们村被划为旧村台改造提升那一类。他才放了心。

改造提升工程从2018年5月开始,在对旧村台采用四棱砖加固的同时,村内大小巷道以及联村路也全部实现硬化,房屋外墙统一粉刷并喷绘了精美墙画。

安居更要乐业。2017年,高家村从外省引进的养生天下中草药种植基地项目流转村民近 1000 亩土地，仅此一项每位村民每年可实现分红 1440 元。2019 年，村集体又投资 30 多万元从邻村流转 194 亩土地，根据地形建设了龙虾养殖池塘，苗木基地，蔬菜、水果、中草药示范区。

"村里还通上了自来水，安装上了天然气，公路修到家门口。仅我们村，政府就投资 1552 万元进行改造。"高家村党支部书记高占明说。目前，省城乡规划设计研究院对该区域内黄河滩区 8 个村进行了村庄规划，整个片区将按照田园综合体和精品民宿、特色小镇的标准打造，建设集生态防护、特色种植、休闲旅游为一体的黄河生态经济带。

我们在改造提升的高家村看到，村里最后一条出村主干道由水泥路换成了柏油路，即将完工，每条小巷都有一个与"福"字相关的名字，已加固完成的 5.3 米高的房台四周长出青翠小草，环绕一圈的各种果树郁郁葱葱。就地实施旧村台改造提升工程，不但保住了村容村貌，也给农民留住了乡愁。如今，高家村有了"高颜值"，成为黄河滩区村庄改造的样板。

搬啊搬，搬啊搬，高新志说，他有时就羡慕那些一搂粗的大树，大树能扎下根儿，咱啥时候也跟树一样，能扎下根呢。"现在行了，我也活成大树了，有了大树的命，扎下根了！"

"黄河滩"何以唤作"金河滩"

我们在利津县采访，发现一个有趣的叫法，他们这里的人喜欢把跟黄河滩有关的，叫作"金河滩"。比如"金河滩黄河文化旅游节""金河滩田园综合体""金河滩生态园""金河滩西瓜""金河滩莲藕""金河滩蜜桃"等等。在路边，我们还看到"金河滩饭馆"呢。

5 月 28 日傍晚，我们来到了黄河滩边的北宋镇，我们来到正在紧张施工的公路工地现场，为将滩区 8 个村的交通贯通起来，给黄河滩区特色农业、旅游观光提供保障，北宋镇投资 2400 万元建设总长度 10 公里的黄河生态经济带道路工程。整体道路建设完成后，将形成"两纵两横"——以黄河大坝、东滨路横贯东西，浮桥路、凤起路贯穿南北的黄河滩区观光道路框架。

在北宋镇，没有滩区迁建的痕迹，就是旧村台的改造提升。突出黄河文化特色、突出黄河古村落原貌、突出自然。

他们这里正在打造"金河滩田园综合体"。这个作为唯一依靠黄河的田园综合体在省内的田园综合体中独树一帜。

北宋镇镇长陈善泽介绍道："大城市有活力、更多的工作机会，但是房价高、交通拥挤、空气质量较差等问题层出不穷，这些城市病的加剧，增强了人们对闲适和自然的向往。在黄河边上的乡村是乡愁的存放地。在田园综合体里，可以体验'手把青秧插满田，低头便见水中天'的农事，可以体验'绿树村边合，青山郭外斜'的自然风光，在这里，什么乡愁都能安放。再者，乡村旅游已成潮流，或呼朋引伴，或挈妇将雏，或单人独骑，驱车乡野，放松心情，兴尽而归。"

金河滩田园综合体依托基地良好的农业基础，以芦笋、中草药全产业链为农产品主要开发方向，以黄河滩西瓜、蜜桃、莲藕等有机果蔬生产为补充产品，以养生养老为开发手段，结合黄河传统村落保护与旅游开发，形成以芦笋、中草药为主的全产业链开发的现代农业产业化发展，集产业示范、田园观光、康养度假、文化体验、休闲娱乐五大功能于一体，富有花香、菜香、药香、味香、果香"五香俱全"的，蕴含黄河滩田园风貌的，国内知名的"金河滩"农业品牌的康养农业国家级田园综合体、山东省内知名的乡村旅游度假区、渤海湾知名的养生养老度假基地。

没有产业支撑的田园综合体只能是一副"空皮囊"。山东养生天下中草药种植项目是金河滩田园综合体内第一个集现代农业、休闲旅游为一体的大型田园综合体招商引资项目，计划总投资 1.8 亿元，由山东养生天下农业科技发展股份有限公司投资实施，一期流转了 1000 余亩土地，主要种紫皮丹参、芍药、牡丹、墨西哥食用仙人掌等 16 种药材。谈到项目落户黄河滩区的缘由，几代从事中药行业的公司总经理黄军告诉记者："我的老家在安徽亳州，也是华佗的故乡，有着悠久的中医药历史。黄河是我们的母亲河，是中华民族的血脉，我对黄河滩区有天然的亲近感。与此同时，黄河滩区土质肥沃、无污染，浇灌方便，适合中草药生长，种出的药材品质高、药效好。"

北宋镇还没看够，利津街道领导催我们来看元泰·印象项目，这个项目位于利津县利津街道东津渡教育康养度假区，是东营市"旅游富民" 3 年行动计划的重点推进项目。集水上娱乐、休闲观光、民俗体验、研学游学、健康养生为一体。该项目将打造 7D 玻璃栈道、水上乐园、四季花海、老家印象等景观。其中，四季花海项目，呈现四季有花、水清草绿的园区景象，打造种养体验、科普教育、写生创作、婚纱摄影、文化传播于一体的综合性生态花田。目前，花田内的玫瑰花、格桑花、金盏菊正值花期。重点打造的老家印象景观，以民俗广场、老街、老院子为主体素材，展现黄河下游民风、民俗、民居的老家风情，使游客记得起乡愁，找回儿时记忆……

傍晚，我们伫立在黄河边，看到了辉煌的黄河落日，而黄河真的像一条金子一样闪光的金河，而黄河滩也就真的成了金河滩。我们一下子理解了利津人命名"金河滩"的用意。

美在等待，等待时机；美在创造，创造奇迹；大美不言，无时不在，无处不在。

黄河滩变成金河滩，就有了魅力，有了吸引力，有了吸金力。

2019 年 9 月 26 日上午，首部以黄河滩区脱贫迁建为题材的故事电影《高家台》在利津县开机。电影导演杨真，影片主演马诗红、于月仙、沙景昌等到场。《高家台》讲述高家台村新上任的支部书记韩明军，借助国家推动黄河滩区脱贫迁建工作的东风，克服重重困难，完成房台加固、改变村民思想、走上产业振兴之路的故事。

影片主演马诗红说："到现场看了改造提升的房台、看了黄河之后，才理解了黄河滩区迁建、房台改造提升对滩区老百姓的意义，也让自己对剧中角色所做的工作更加钦佩。"在影片中出演王翠花一角的于月仙直言："我是被影片浓浓的文化味所吸引，常演农村戏，但黄河滩区农村却独具魅力。"

第十四章　从上台到上楼: 两个老支书的诉说

"我寻找黄河 / 连条线也不见 / 在这里它缩成一个音符 / 颤动着。"这是著名山水诗人孔孚站在黄河口写的诗句。我们来到黄河口——垦利,也是来寻找黄河。

64 岁的杨学让在杨庙村干了 40 年村支书,73 岁的杨呈祥在东范村干了 32 年村支书。两个老支书都在黄河边长大,虽然卸任了,但看到黄河滩区迁建的新闻,还是感兴趣,扳着指头听着电视上关于黄河滩区迁建的有关政策,脑海里想着自己领着村民迁建的情景。

坐在我们面前,两个老村支书,两张古铜色的脸,闪着光的眼睛,开心的面容,粗糙的大手,刻下了黄河的抹不去的痕迹。往事不堪回首,他们经历了早年的搬迁——从上台到上楼。

杨氏子孙碰上了"南展"

黄河东岸的杨庙村,在利津黄河大桥南 1 公里,与利津县城隔河相望,位于董集乡政府驻地西南 12.5 公里处。

明洪武二年（公元 1369 年），先人从直隶枣强县迁至此地建村。由于此地建有一庙，有一杨氏人家居住看守，故取名杨家庙，简称杨庙。原属利津管辖，1943 年归属垦利县。

杨氏子孙至今在黄河边已延续了 650 年。如今的杨庙村，成为杨庙社区的中心村。杨学让、杨呈祥是杨氏第 19 世孙，也就是说，他们是叔兄弟。他们从小听到的都是祖先的苦难史。"关上门，糊上窗，耽误不了喝那碗牙碜汤。这碗难咽的汤，喝了不知多少年。搬迁了，才不喝了。"杨呈祥说。

与他们的父辈不同的是，杨学让和杨呈祥遇到了一个新词"黄河南展区"。这是在特殊历史时期形成的一个独特名词。在这两位村支书看来，"南展区"是滩区群众为保卫胜利油田默默做出牺牲的代名词。

黄河下游河道自河南兰考东坝以下流经东北，纬度逐渐增高，上段河道冷得晚、回暖早，下段河道则冷得早、回暖晚。在多数年份，当上段河道还在正常行洪之时，下段河道却因天气骤然变冷而提前封冻，冰凌阻塞河道；而到初春季节，上段河道已经冰雪融化，河口地区的河道却冰封依旧。这就是可怕的凌汛。杨学让依然记得凌汛来了，老辈人恐慌的眼神。

黄河流入东营后，河道左转弯近 90 度折向东北，进入南起东营区龙居镇麻湾、北至利津县利津街道王庄长达 30 公里的"窄胡同"。有关资料记载，这段河道于 1951 年和 1955 年先后在利津王庄和利津五庄发生决口，给滩区人民造成了巨大伤害。

"胜利油田一被发现，俺这里就显得重要了。"杨学让说。自 1961 年 4 月 16 日，在东营村附近打的华 8 井，首次见到工业油流开始，到 1965 年 1 月 25 日打出了坨 11 井——中国石油工业史上第一口千吨井，河口的安危就引起了高度关注。

为保证黄河下游东营区麻湾至利津县王庄 30 公里窄河道安全，以防凌为主，结合防洪、放淤和灌溉，保护胜利油田的安全生产，经原国家计委和水电部批准兴建黄河南展宽工程。"也就是在黄河大坝外面又修建了一个南展大坝，一旦黄河决口，还有一道南展大坝作为最后的屏障，不至于影响油田的生产安全。主要是用于泄洪、蓄洪。"杨呈祥说。

1971年工程正式开工建设，主体工程于1978年完成。新修建的南展大堤上接东营区龙居镇老于家村临黄堤，下接垦利区西冯村东侧临黄堤，总长38.165公里，总面积123.3平方公里。黄河大堤与南展大堤围拢，形成了状似弯月的黄河南展区。

杨学让和杨呈祥的村子，就规划在南展区范围内，怎么办？别无选择，往大坝上搬，上台！

垦利区委宣传部副部长郭立泉，就是当年"上台"的村民之一，当年他8岁。他说："那个时候，我根本不知道什么南展区，我只知道我们家要搬到房台上去住了。后来写《南展区》，才知道南展区涉及东营区龙居镇和垦利区垦利街道、胜坨镇、董集镇4个镇（街），83个行政村，18416户57569人。"

"新房"的新房

垦利区董集镇宣传文化中心主任程永锋是地地道道的杨庙村人，他有个乳名"新房"。"1979年，我出生在刚刚建起的新房子里，奶奶就给我取名'新房'，可是这是何等寒碜和憋屈的新房呀！我爷爷拿着上级给的每间房130元搬迁费，东拼西凑刚用土坯盖完房子，我就出生了。一家老小8口人，挤在6间几乎家徒四壁的'新房'里。"

程永锋说："我们上台的'新村子'往东是行洪的展区，没有路，往西紧临黄河，整个村子被隔成了'孤岛'，乡亲们就这样窝在家里，守着人均不足2亩的土地，靠天吃饭，大伙儿在这样的环境里一住就是近40年。"记忆中的房台村，狭窄的胡同仅能通过一辆板车，逼仄的房间内燃着一盏昏黄的油灯，一家人挤在一起，连转身都很困难。

1971年南展区开工的那年，杨呈祥当上东范村支部书记。1976年，21岁的杨学让上台当了杨庙村支部书记，巧的是，他一"上台"，就组织着村民上村台，亲历了黄河大堤上修筑房台的"大会战"。

所谓房台，就是就地取土建成的盖房用的宅基地，高于行洪水位，低于黄河大堤。当年，董集镇统一修筑的房台南北宽13米，东西长度人均只有2.8米，受制于瘦长的房台，人均居住面积不足10平方米，最紧张的时候，人均居住面积更是不足6平方米。

"当时来了好多人，滨州的、寿光的、广饶的，都来帮着建，那个时候没有什么像样的机械，很多都是人力用推车推出来的。"杨学让说，38个房台中有35个靠人工修筑，3个是机械淤筑，"从1973年开始，筑台用了3年时间，建土坯房又用了3年时间。1979年搬上了房台。俺村是527口人，我主持分了501间房子。分房子时，考虑5年内，有娶媳妇的人家，要预留出几间房子。当时上台一户补助130块钱。"

杨庙村程又青家11口人挤在不足80平方米的院落里，一间10平方米的西偏房，愣是先后做了二儿子和三儿子的婚房。程树堂老人跟老伴、两个大哥和爹妈住一块儿，后来爹妈去世，他家又添了3个小子俩闺女，最多的时候5间房住了9口人啊！因为家里穷，他的两个大哥直到去世也没结婚。

人口越来越多，1990年杨学让又领着村民在老房台边上淤了一块地，用于小青年结婚的新房。

杨呈祥回忆，他对东范村上台的每一户，都去布线，丈量，房台村是他眼看着一点点建起来、住进去的。"那时候穷啊，盖间办公室，也得化缘啊。所以，这次上楼，拆办公室，大家都嘻嘻哈哈，可我就不忍心动手拆，太难了。盖这几间房子太难了！"

杨学让和杨呈祥异口同声地说，那时候风气好，说搬迁，就搬迁，没有一个人挡着。上了房台，夏秋里，往上用独轮车推庄稼，坡陡啊，苦了那些力气小的妇女们。独轮车推不上去，又倒回来，有的就伤了腿，扭了腰，落下了浑身的毛病。

还有，临黄河的家家户户的后窗户，常年都被风沙堵着。有时风沙能把整个后屋墙埋了。但是住在这上面的老百姓毫无怨言。

杨学让介绍，1999 年 10 月，黄河小浪底工程投入运行，通过与三门峡水库联合调度，黄河下游的凌汛威胁基本得以解除，因解决黄河三角洲凌汛分洪问题而建的黄河南展区工程也完成了它的历史使命。2008 年 7 月，国务院在批复《黄河流域防洪规划》中，做出了"大功、南展宽区、北展宽区 3 个蓄洪区防凌运用概率稀少，予以取消"的规定。

滩区人的安居梦，如一场春雨，飘然而至。

"新房"的楼房

2012 年 10 月 15 日中午，习近平总书记在党的十八大闭幕后会见记者时强调，人民对美好生活的向往，就是我们的奋斗目标。这是总书记郑重的"施政宣言"。

从此，"人民对美好生活的向往，就是我们的奋斗目标"这句朴实的话语响彻神州大地，成为各级干部的行动指南。

2013 年年初，东营市委、市政府为落实总书记的嘱托，决定实施黄河南展区村庄搬迁改造工程。2013 年 12 月，《黄河南展区综合发展规划》经山东省政府正式批复。《规划》确定，2013—2020 年，规划建设 11 个集中居住式新型农村社区，完善设施配套，将南展区打造成一个"宜农、宜居、宜游"的高效生态农业综合示范区，全面提升群众生产生活水平。杨庙社区自此筹建，这时，那个叫"新房"的程永锋也以镇党委宣传工作者的身份参与到这项改变沿黄群众根本生活环境的工程之中。

截至 2013 年 11 月 14 日，历时 142 天，董集镇在全市率先完成了杨庙社区 11 个村、1728 户的补偿安置协议签订。2016 年 11 月底，投资 7.9 亿元的杨庙社区率先完成全部楼宇建设，并把所有住房全部分到群众手中。在党的十九大召开前，杨庙社区 11 个村全部居民 4790 余人已全部搬进了崭新的楼房。

3 年多来，程永锋用相机记录下了搬迁改造的点点滴滴，定格了乡亲们建房、抓阄儿、搬家、住楼等各个时段的幸福瞬间。

从上台到上楼，杨学让和杨呈祥是参与者、见证者，也是组织者。杨学让说："上台时没那么费劲。而这次上楼，费了点儿劲。我们杨庙村是试点村，要求 7 天签完协议。我们每天都盯到夜里 12 点。我的一个本家老侄子，他就是不签协议，我去了三趟。第一趟他说还没吃饱，不谈；第二趟说，还没消食，免谈；第三趟去，他睡觉了，说要改天谈。侄媳妇看不过眼去，把他拖起来。他瞪着眼对我说：'换了别人，我让你滚！'我也不发火，就一条，还是签协议。他脸憋得通红，签了。"

每个人的心，都不一样，都揣着个小算盘，打自己的小九九，唯恐吃了亏。"但是，你只要一碗水端平，说明白了，大家伙儿还是通情达理的。都在黄河边上长大，谁还不知道谁呢？"

杨学让说，有时在搬迁上，娘们还比爷们干脆，娘们比爷们明白得早，她们对家更有感觉，更知道深浅，拿得起放得下，把头巾一摘，上楼？咱搬！这叫"提前想明白了"。

我们一路采访，真的如杨学让所言，黄河边上的女性最可敬。

黄河就是母亲，她们就是黄河，她们付出得太多，她们的泪水汇入黄河。她们向黄河哭诉，祈求，哀怨与期望并存。她们就是希望子孙繁衍，一辈一辈过上没有风沙、没有水患的好日子。看到她们的白发，她们的羞涩，她们的微笑，我们心头发热，眼窝发湿。

我们看到黄河边上女性的淡定和从容。为何？她们经受过惊涛骇浪。面对困难，觉得很正常。当然，男性经历的可能更多，只不过他们深藏着，不爱说，不想说，不愿意说。无论是爱，还是恨。

在房台上挤着一待40年，一朝咱上楼，且让男爷们抽根烟，等一等，他们在回味，他们在咀嚼，他们在告慰。

杨庙社区的楼房一共有8种户型，从一室一厅到200多平方米的别墅，村民可以根据自己的需要和经济能力来自行选择。杨庙社区的老程选的是别墅，他说："因为政策比较好，补贴比较多，一套200多平方米的别墅算下来30多万元，非常划算，所以之前选户型的时候，我们一下就确定要别墅了。"

关于老程所说的政策补贴，当地政府工作人员解释，楼房的价格本身就非常低，政府为了进一步减轻村民的购房压力，又出台了一系列的优惠措施，"按照村民户口，买房的家庭中的每口人可以获得10平方米的房款补助和8000元的补助，而最终的房款除了减掉这两部分，还要减去村里有老房子的评估值，这样算下来新楼房的价钱非常低。"

社区内普通户型住房的房价是每平方米1980元，别墅则是每平方米2980元，因为有每口人10平方米房款的补助，买别墅的家庭获得的补助会更多。"我们家一共4口人，每人8000元的补贴和29800元的补贴，再加上老房子的评估值，价值50多万的别墅最终30多万就够了。"老程算了一笔账，而这也正是他们家选择别墅的原因。

而对于60岁以上的老人，社区则准备了55平方米的廉租房，一年租金不足700元，同时每人10平方米房间补助款、8000元的补助以及老房子的评估值将直接交给入住廉租房的老人。

同时针对方便子女照顾老人的实际需求，规划设计出一定比例的"子母房"，即"50+100"的户型，较小的"50"户型可供家中老人居住，较大的"100"户型可由年轻夫妻和孩子居住，两个户型的房子为对门设计，阳台上有小门相通，可方便家人互相照顾。

程永锋说："我的父母也搬进了120平方米的一套大房子！窗明几净，水电暖齐全，小区各项生活设施先进，新修的柏油路四通八达……爸妈高兴地一个劲念叨着：'这才是新房！这才是新房！'"

从村支书岗位上卸任的杨呈祥和老伴2015年搬进89平方米的新楼房，生活上了一个大台阶，他开心地说："原来比原来好很多，但是原来和现在的楼房又不能比了。"他指的是搬房台后的房子比之前的土房子好了很多，可是房台上的房子又不能和现住的楼房比。

作为村支书，在搬房台时，他每家每户地做工作，每户不知道跑了多少趟，村里没有钱盖村委办公室，他一直在家里办公，那时村里年年都要出义务工、集资、提留。群众拿不出钱，哪家有问题有矛盾都跑到他家里去解决，那些年日子过得苦呀。冬天，三九严寒天，要带着社员去清淤，沟里结冰40厘米多厚，受老罪了。现在的生活真是舒坦哪，住上了新楼房，他和老伴每个月每人都有193元的养老生活费，年底还有每亩700元的土地流转补偿费，他家有8亩地就是5600元。尤其是每月都有的养老生活费，到点就能领。住上新楼房的老人们都感觉非常幸福。

原来他当村支书时，调解家庭矛盾是很棘手的一件工作，村里的老人不能种地了，又没有任何收入，生活全靠儿女负担，儿女们生活也困难不想拿钱，他经常得把老人们和儿女叫到一起做工作，好不容易做通工作，每人拿10至20元，拿了几个月又不拿了。

杨学让说，30多年来，房台村的老百姓对外交通就靠黄河大堤，堤顶宽不足5米，两车相遇会车都难。开车不小心一头扎到堤下的事故，每年都有好几起，令群众叫苦不迭。而现在，董集镇在杨庙社区东侧连通220国道和316省道修建了崭新的柏油路，想怎么走就怎么走……

2019 年初夏时节，我们来到这里采访，站在黄河大堤上放眼望去，新修建的杨庙社区 83 栋搬迁楼房错落有致，掩映在一片绿色的树木之中，俨然一座现代化城市社区。而在它的北面，则是房台村的旧址，依稀可见只有几面低矮的、土坯的断壁残垣，不到两米宽的胡同里，已经阒无人声。

山水诗人孔孚，一生钟情黄河，牵挂黄河滩区的百姓。孔孚 1997 年 4 月 27 日病逝，临终前一日，他曾手书"黄河"二字条幅，气势恢宏，足见黄河在他心中的分量之重。而今，面对这巨大的变化，孔孚会有何感想呢？

第十五章　精准扶贫的"滩区迁建样本"

黄河滩区脱贫迁建，让百姓收获温暖与信心。搬迁，是解决了居有其安所问题，挪穷窝，还得拔穷根。所以有人说，搬迁难，脱贫更难；返贫易，致富难。贫困治理之表在"贫"，但根子在"困"，困是树木被围于框子，框子是啥？是观念。贫困，困在哪儿？困在脱贫的方法手段，困在脱贫的整体氛围。

黄河滩区大迁建，未雨绸缪，山东省推进黄河滩区脱贫迁建专项小组办公室组织有关成员单位制定了 26 个专项方案，围绕新村建设、产业发展、乡村旅游、基础设施、公共服务配套等方面，制定出台了一系列优惠政策和帮扶措施，其中，《山东省黄河滩区居民迁建农业专项方案》提出，将黄河沿线两岸建设成为产业脱贫的典型样板，人与自然和谐共处的绿色长廊，现代生态循环农业发展的示范高地，打造千里黄河生态农业经济带。先后出台了《关于进一步运用好增减挂钩政策支持脱贫攻坚和黄河滩区脱贫迁建工作的通知》等指导文件，保证脱贫迁建步步稳扎，落到实处。不是只顾眼前，不计长远，不是只要"面子"，不要"里子"，"不栽盆景，不搭风景"，求真务实、苦干实干，真脱贫、脱真贫，书写了精准扶贫的滩区迁建样本，探索走出了一条精准扶贫之路。

"喜"上梁山

黄河自菏泽郓城顺流而下，进入济宁梁山县境内。我们发现，黄河岸边村子的名字很特别，比如：彭那里、房那里、范那里、程那里、包那里、吕那里、丁那里、袁那里、郑那里、殷那里、邓那里、马那里、岳那里、黄那里、国那里、潘那里等。梁山黄河河务局机关迁至县城之前，居住在黄河右岸堤防334+150背河堤坡处，堤下的村庄名叫"路那里"。

杨义堂先生，从小住在梁山黄河岸边，如今是济宁市政协文化文史和学习工作室副主任。他说，梁山在黄河岸边的村子，有72"那里"。他还饶有兴趣地讲了一个关于"×那里"村名的传说。

黄河因多次决口变迁，在梁山一带形成八百里水泊，宋江等聚义梁山后，凭借梁山泊地势，杀富济贫、替天行道，和宋王朝分庭抗礼，宋江、吴用等派出阮氏三雄等水军将领，与高俅在水中展开周旋。高俅和官军在水泊里追了半天，远看一片渔船，可没等追到，渔船又不见了。这时，只见一只渔船急朝官船划来，高俅立即下令将其抓获。划船的是个30多岁的渔民，自称所打的鱼被梁山上的人抢去了。高俅问："在哪里？"渔民指着不远的芦苇丛说："在那里！"这时远远传来"老子打鱼水泊洼，捕鱼捞虾逮王八；开封送来鳖一群，洗净扒皮把锅下"的渔歌。高俅急问："在哪里？""在那里！"渔民望着从芦荡里划出的小船说。"抓住他！"在高俅的喊叫声中，一片片渔船划出芦荡，船上的"渔民"个个翻身入水，将官船都掀了个底朝天，高俅的大船也冒了水。那中年渔民大喊："高俅认得恁七爷爷么？"只听高俅"哎呀"一声，一把飞叉正中左肩，"扑通"一下倒在船板上。高俅被救返回济州，躺在床上还直说梦话："'那里'，'那里'，又来啦！"后来，当地人民为纪念义军，将梁山西北和北部一些村庄改为"×那里"，村名沿用至今。

"那里""那里""那里"，"那里"像胎记一样深刻在人们的记忆里，那里，到底是哪里啊？哪里才是我们的安稳的家啊！那里的村名，好像在一直呼唤、一直渴望一个归宿、一直渴望一个具体的命名。

那里的村庄在黄河滩区，祖祖辈辈饱受水患。如今黄河滩区大迁建，让这里、那里的村民搬上了新居。杨义堂这个黄河岸边长大的游子，得知故乡搬迁的消息，兴奋地写了一首歌《黄河滩》：

> 看那黄色的巨龙冲下山，
>
> 冲出来两岸黄河滩。
>
> 冬天种麦夏走船，
>
> 春天盖屋秋天淹。
>
> 年年黄水赶人跑，
>
> 奶奶的泪珠子不断线。
>
> 黄河滩，黄河滩，
>
> 黄河两岸是家园。
>
> 牵挂着老屋，牵挂着碾，
>
> 守望多少年，
>
> 是我的黄河滩。
>
> 让那黄色的大河尽情地欢，
>
> 搬出来两岸黄河滩。
>
> 滩外建起小城镇，
>
> 工作上学心里安。
>
> 河滩花开游人醉，

妈妈的泪疙瘩打转转。

金河滩，银河滩，

黄河两岸新家园。

美好的生活，脚下的路，

甩开膀子干，

为我的黄河滩！

新时代，一个个"那里"终于有了着落，有了自己的身份证明，是楼上楼下的新社区翠屏家园和黄河新苑。

我们在梁山采访，印象深刻的是一位临沂老者。下午的太阳照着，他那粗糙的大手抚着草帽，草帽下面是一张脸，眼睛笑成了一条缝，一口临沂口音。我们问："您是山东欧泰装饰材料有限公司的老总？"老者说："不是老总，我是老总的叔，老总是符连其和王金龙，我是符连其的叔，我叫符朝启，负点儿小责。"其实，老者不老，刚刚61岁，黝黑的长脸上，皱纹纵横，显年纪。

怎么选择来这里建厂？说来话不短。符连其是临沂永利木业公司董事长，王金龙是临沂久大木业公司总经理，他俩是好朋友。"王金龙喜欢练武术，年轻时曾来梁山习武，梁山有个师兄弟，到临沂招商，希望临沂到梁山投资，介绍几个老板来，王金龙介绍了7个。"

梁山县发改局副局长、黄河滩区迁建办副主任佟庆笑说："我们梁山县采取的扶贫迁建模式是三区同建。一是建社区，梁山县实施外迁安置的方式，将滩区内群众全部搬出滩区，安置在乡镇政府驻地。2018年9月，迁建试点工程完成，赵堌堆乡的贾庄、郭蔡，以及小路口镇的东雷庄三个村的居民受益于精准扶贫政策，迁入了新建的翠屏家园，608户村民彻底迁出世代生活的"水窝子"，搬进了居民楼。村民们在搬进的新小区里度过了一个不一样的春节。迁建第二期共涉及 2 个乡镇 19 个村、6337 户、18702 人，建设居民楼 266 栋，建筑面积共 92.47 万平方米，占地 1660 亩。二是同时规划建设家居产业园，产业园就在社区边上，主要是给滩区群众提供就业机会，提供来钱门路。我们专门组织力量于 2017 年 8 月到临沂招商。山东欧泰装饰材料有限公司就是那次招来的。"

"王金龙跟俺侄子说，梁山搞黄河滩区迁建，边上要建家居产业园，咱去怎么样？哥俩喝了一场酒，干！他们马上就合资来梁山了。"

公司主要经营生产、销售胶合板、多层板、装饰板、三聚氰胺纸、生态板、脲醛树脂、刨花板、纤维密度板、木工板、建筑模板、贴面板、木地板、板材、实木集成板、地板基材、科技板、家具板、木线条、实木门等。"来梁山，还有个原因，过去在临沂，我们的多层板原料 90% 都是从梁山运过去的。仅赵堌堆乡就有万亩速生杨。原料充足。我们入驻梁山，还解决了当地小微企业板皮厂的废料再利用问题，将板皮厂的废弃板皮、木块再加工，制作成环保板材，让当地环境更加优美。"

符朝启说，项目一期投资 5.6 亿元，现在已经运行一年，第二条生产线正在准备上。招收职工 160 多人，几乎全部是搬迁来的滩区群众，第二条生产线上去，招收的职工还要增加 100 名。

"我们跟滩区老百姓是邻居，就隔着一条马路，远亲不如近邻，他们上班方便，我们也招到了合适的工人。通过简单的培训，就能上岗。收入吗？我们男职工 4500 元，女职工 3600 元，另外根据完成生产情况给予一定奖励。"符朝启说。

车间内全程监控，老总符连其通过微信视频指挥符朝启。符朝启一边接受采访，一边落实着指示。

佟庆笑说，家居产业园规划占地 5000 亩，目前园区已落户企业 9 家，安置村民就业 600 多人。其中板材企业 7 家，较大的有梁山常青树板业投资 4.6 亿元的可视面欧松板生产项目、山东欧泰装饰材料有限公司投资 5.6 亿元均质颗粒板生产项目；家具企业 2 家，分别为山东缘升泰家具有限公司投资 1.2 亿元的松木民用家具生产项目和山东臻匠美佳家居投资 5 亿元的红木家具生产项目。另外依托水泊食品、天昊食品等社区周边企业，为搬迁群众提供板材加工、蛋品清洗、宠物玩具制造、食用菌种植采摘等就业岗位 1000 多个，大大提高了滩区群众收入。

三区同建，第三同是规划建设现代农业示范园。"我们聘请中国农业大学编制完成了《梁山县黄河滩循环型'新六产试点示范区建设规划'》，计划将黄河滩区内 5.6 万亩土地进行集中流转，发展规模经营，招引知名企业进行农业开发，实现三产融合发展，打造现代化农业示范区。市政府已将黄河滩区纳入全市'农业新六产发展先导示范区'。目前，梁山华大农业科技有限公司，联合梁山黄金谷生产合作社及部分家庭农场、种粮大户，启动建设了黄金谷小米种植基地、朱丁庄乡村旅游康养基地建设，种植黄金谷 6000 亩，种植优质小麦 1700 亩。"佟庆笑微笑着说。

三区同建，可贵的是"同"，这是未雨绸缪。

在车间里，我们看到那一双双忙碌的工人的手，那是创造财富的手，那是能致富的手，产业园区让滩区群众的"手"有了抓手，过去是抓住土地不松手，现在是转型在家门口大显身手、得心应手。黄河滩区群众融入欧泰公司后，从"农民"华丽转身成为文化科技等方面的现代化管理员工。

再次握着符朝启伸过来的粗糙大手，心里感到很踏实。"心连心，心贴心，心暖心，手拉手，有了产业，有了项目，滩区群众就能搬得出、住得安、能致富。"符朝启说。

在梁山，搬迁，像种玉米一样，不能是传统的"看天、看地、看庄稼"，而是要打提前量，播种前灌底墒水，拔节期灌够棵水，抽穗前灌够穗水，灌浆期灌够浆水。抓一个"前"字，一定能获得大丰收。

一张 1300 多人的"全村福"

2019 年大年初一，平阴县玫瑰镇外山村照了一张全村福。

策划全村福的，是外山村支书李庆军。他说："俺村紧靠黄河，围着外山建，老辈人说，是从山西大槐树底下搬来的，一代又一代。现在年轻人大都出去打工了，剩下些年纪大的在家，大家都愿意外迁。过年了，能不能照个集体照？没想到一呼百应。一开始摄影师说，买 800 根红丝巾，我说打不住，买 1300 根，结果也没够，照相那天，超过了 1300 人。年龄最大的 80 多岁，最小的还有抱着的。"

55 岁的李庆军担任村支书 6 年多了。"群雁高飞头雁领"，李庆军这只头雁，有个特点，喜欢下"先手棋"，比如，一签了搬迁协议，他就考虑，下一步老百姓的致富问题。从去年开始，他带领村两委成员积极筹划村庄未来发展，把承包到期的黄河沿岸土地，统一收回，村集体以土地入股成立合作社，吸引在外能人投资 4 万多元购置樱桃苗木，同时聘请专人负责樱桃果树管理，抱团发展。在收益分配上采取"1333"模式，投资方、管理方、土地，分别占 30%，合作社占 10%，将极大增加村集体收入。同时通过"合作社 + 农户"带动群众增收致富。

如今 25 亩樱桃树长势良好。在李庆军看来，这是集体经济壮大的起点。

李庆军招商引资也有了眉目。黄河对岸是东阿县，东阿黄河森林公园主动跟外山村对接，他们看好了外山村的自然风光，准备合作打造黄河骑乐世界田园综合体项目，前期投资 9.97 亿元。

外山村打造外山村田园综合体，栽种不同季节的植物，让前来的游客随时都领略四季别样的风光，更是外山村长远的发展计划。李庆军摊开田园综合体效果图，信心满满。

善于下先手棋的李庆军，还在村里建起外山村日间照料中心，我们在照料中心采访，李庆军说："我们建起日间照料中心，最主要的就是将留守老人作为重点关爱对象，让他们享受大家庭的温暖。孝心不能等。照料中心就是要让老人的'空巢'变成'暖巢'。"日间照料中心设床位20张，配有医务室、文化活动室、男女寝室、图书室、洗浴室、餐厅等场所，同时彩电、风扇、浴霸等电器更是一应俱全。不仅满足了老人们的饮食、住宿、休闲、娱乐，更是填补了他们情感交流及精神慰藉方面的空白。

在照料中心，他们配备两名专职人员，专门负责老人们的生活起居、三餐供应，每人每天8块钱，吃好、喝好、玩好。"一个村，就是一家人，一家人的标志，就是敬老。将来搬迁了，我们的照料中心会搬到新区去，条件会更好，设施更完善。"

在日间照料中心，我们采访了负责人李庆印，他今年72岁，当了15年村主任，他也上了全村福，而且是站在第一排。他说："我这一生经历了3次洪水，1958年那次，从上面开了口子，石头房子淹了一大半，都上了山，搭起帐篷。1976年秋天，又淹了一次，光往外排水就排了40多天，才种上麦子。1982年也是秋天，高粱光露着穗子。现在好了，搬迁，搬到镇驻地，生活方便，永远不怕水了。"李庆印选了100平方米的房子。

张淑荣和周广杰是日间照料中心的服务员，他们也上了正月初一的全村照，都说全村人一起照合影，是这些年最开心的一次。多年不见的老邻居，去城里给儿女看孩子，这回也回来了，拉着手有说不完的话。他们也期盼着早一点搬出去。

周广杰说："说是搬家，可是，真要走了，又不舍得。在这里住了这么多年。说走就走了。"

李庆军说："放心吧，不都拆，留下一部分旧房子，将来咱这里搞民宿。"

"啥叫民宿啊？"

"就是外边来咱这里观光旅游的，住在里面，咱给人家提供吃住。他们给咱钱。咱的老房子，就是旅馆了，乡村旅馆。"

"人家能来？"

"能！来体验一把黄河边上过去咱的生活，来体验。"

等年底搬迁到新居，再在新居合一张新全村福。这是李庆军的愿望，也是全村人的愿望。

好的创意能传染，外山村拍全村福的消息，不胫而走。

2019 年 5 月 2 日、3 日，玫瑰镇东豆山村、西豆山村的全村福拍摄也拉开序幕，祖籍在村的村民全部返乡，上至百岁老人，下至未满周岁的孩子，大家肩头并肩头，紧紧凑在一起，在欢声笑语中留住幸福时刻。

为留住乡愁，留住村史，留住村容村貌，让滩区村的群众住上楼房依然能回想老家的味道，东豆山村、西豆山村经过村两委商讨决议，借助五一小长假在外人士返乡之机，通过微信群、朋友圈、大喇叭等形式组织全村百姓大合照，没有彩排，没有演练，当千余人齐聚，相约广场时，众人纷纷感叹："这可真是个大好事，今后翻起相册，也好有个念想！"

为确保后期制作费用到位，西豆山村电话征集在外乡贤支持，大家捐资 200 元到 2 万元不等，东豆山村则以村乡贤企业老板出资等方式进行，在乡贤们的大力鼎助下，两村均以拍摄全村福、全家福、三季村容村貌的形式展现，印制成册或刻录光盘，每户一份。

为确保资金的使用，村内专门成立乡村记忆领导小组，管理资金、提供服务。

从"胜利油田"到"胜利农田"

胜坨镇，因 1965 年 1 月 25 日在胜利村打出中国石油第一口日产千吨油井——坨 11 井而闻名于世。

当年石油部副部长兼会战指挥部工委书记张文彬说，坨 11 井是中国石油工业史上第一口千吨井，是石油工人的争气井。大庆特大油田把"中国贫油国帽子"甩到太平洋，坨 11 千吨井打破了"华北无油论"。因为坨 11 井在胜利村附近，这片油田因此得名胜利油田。

54 年过去了，坨 11 井，现在仍能正常产油。从胜利走向胜利，在油田 50 多年的开发建设过程中，胜坨油区原油开采量占胜利油田累计总产量的七分之一，是一个典型的油区重镇。

为保护油区，黄河滩区的老百姓做出了巨大牺牲，他们为了南展区建设，于 20 世纪 70 年代搬到村台上，一直到去年，先后分两期搬到了现代化的社区——住上了楼房。

胜坨镇人大常委会副主任胡华兴负责胜利社区建设，他介绍说，搬迁覆盖沿黄 12 个村、2222 户，总投资 9.4 亿元。社区一期是 2014 年 1 月 3 日启动，建筑面积 14.2 万平方米，建设楼房 75 栋、1132 套，2015 年正式搬迁入住。2016 年 8 月启动二期工程，2018 年 6 月竣工，7 月分房到户。滩区搬迁户，都很满足，户型有 60 平方米、100 平方米、120 平方米、200 平方米，还有 100+55 平方米的子母房，还有 55 平方米的廉租房。

从搬上房台，到搬上楼房，搬一次，折腾一次。有句俗话说，与人不睦，劝人搬家。一搬家，就搬穷了。怎么样让老百姓住上楼，住得好，还得生活得好，有工作，有钱花，有尊严。

我们在采访中，发现有政府主导的扶贫车间，有龙头带动的合作社，有精心改造的民宿，还有一些有识之士，自觉地融入扶贫攻坚的行列里，安置搬迁群众就业，增加他们的收入。

我们请胜坨镇人大常委会副主任胡华兴介绍一个能带领搬迁群众致富的典型，他爽快地介绍了泰升农场老总尚文顺。一个电话打过去，胡副主任对我们说："老尚在果园里忙活呢，他根本不像个老总，就是个农民。我和他是高中同学。他原来是石油工人，后来辞职，搞现代农业。"

我们沿着河堤一起来到黄河边上的泰升农场，一个戴着防晒帽、脖子上挂着毛巾的中年男子过来了，微笑着伸出手来握手。他就是尚文顺，刚才在给果树修剪整形。他指着眼前的一片杏林、桃林说："这一片原来是黄河滩的沼泽，抽水、挖了好几个月，才整理出来，栽上果树，现在都开始挂果了。"

坐到尚文顺的办公室里，跟他聊天。他说，他曾经是胜利油田的工人，老家就在东营市垦利县胜坨镇的尚庄村。从小在黄河边长大，缠着老人讲黄河故事，黄河成了他生命的底色。

1991年他毕业于垦利一中，同年参加胜利油田的岗培后，正式参加工作，在胜利油田纯梁采油厂作业大队作业二队（油田金牌队）上班，由于他工作努力，表现突出，曾在1996年纯梁采油厂十周年厂庆时，代表作业大队职工讲话。那时的尚文顺已经结婚生子，妻子带着孩子住在胜坨镇，而他工作所在的油田金牌队在滨州，直到1998年他调回东营，在井下作业公司大修13队上班，才结束了与妻子两地分居的生活。他工作认真负责，工作之余特别喜欢看书学习，尤其是酷爱钻研业务，1998年、1999年、2001年3次获得"优秀职工""双文明先进职工"的荣誉。他在一线连续工作17年，积劳成疾，落下了腿疼腰疼的毛病，严重时腿疼得不能站立。2002年冬天查体，查出了腰椎间盘突出的问题。因身体无法适应正常工作，只能请病假在家里休养。

尚文顺的发小之前成立了一个集团公司，经营电线、电缆、石油装备，加工LED及部分环保产品等多项业务。集团正在发展中，急需人才，同学得知尚文顺在家养病，就邀请他帮忙。因为同学太了解尚文顺的脾气性格了，他爱学习爱动脑筋，干啥事都执着，且精益求精。尚文顺应邀在同学那里帮忙，做些力所能及的工作，时间一晃就过去了5年，这期间他没有放下对老本行业务的钻研，研究出几项和油田作业有关的实用专利。寄希望于将来回单位工作时，可以用在工作中。

2007 年 9 月 17 日，是尚文顺难忘的一个时间节点，他带着研发的几项实用专利，想重返单位工作时，却发现他的身体现状根本无法胜任现有的工作。单位照顾他，想重新给他安排一个轻松的岗位，要强的他意识到自己不知不觉变成了一个需要被单位养着的闲人，他无法接受这一事实，决定与单位协议解除劳动合同。当他把辞职的想法和父母商量时，他们坚决不同意，也不理解他。父母认为，儿子在油田干了 17 年，大好的时光都奉献给了油田，年轻时在外作业，走南闯北吃尽了苦头，身体也累垮了，现在好不容易混到了中层，不用再干重活累活，动动嘴安排工人干就行了。如果在 2000 年油田鼓励下岗时辞职，油田给 3 万元的补偿，还负担养老保险金等 5 项保险，还能勉强接受。现在辞职，油田不给任何补偿也不再负担养老保险金等。儿子一旦辞职，没有一点收入还需要自己缴纳养老保险金等。但是妻子支持他，妻子懂他，内心积极向上的他怎会甘心虚度年华？追求有价值的人生，让生活更有意义始终是他的信念。得到妻子的理解与支持，他倍感欣慰。

辞职后的他，为了治病，先后两上太极拳发祥地的河南温县陈家沟，学习陈式太极拳。学习归来后，他每天一边练习太极拳锻炼身体，一边继续研发新的和油田作业有关的实用专利，他用了半年的时间，研发成功多项实用专利，加上之前的几项专利，累计达 20 项之多。现在每一项专利在中国专利网都可以查询到。他的身体也在练习太极拳的过程中逐渐恢复了健康。

尚文顺陆续把 20 项实用专利市场化后，积累了他创业伊始的第一桶金。

2013 年，尚文顺 43 岁了，圣人说："四十、五十而无闻焉，斯亦不足畏也已。"再也不能这么无目的地活着了，人得有个高尚的目标。他看到黄河滩区迁建的群众纷纷都签了协议，从农民变市民，而土地要实现流转，乡村振兴如火如荼，自己是不是也该考虑一下未来的方向。

"我也要转身，从油田向农田转，从胜利油田走向胜利农田！我要建起东营市最大的果园！"

但他的梦想却遭到了家人的坚决反对，比反对他辞职还激烈，还坚决。但是尚文顺只要认准了的事，就是九头牛也拉不回来。他就认准了现代农业。

2014年，他自筹资金和垦利区胜坨镇后彩村等6个村签订土地承包合同，共计承包土地2000亩，有果树1000亩（有桃树、杏树、樱桃、李子、西梅、苹果、梨等，其中以桃树为主，各品种结果时间贯穿5至11月份），农田1000亩。并成立垦利区胜坨镇泰升家庭农场，因为果园所在地为胜坨镇胜利社区，也是胜利油田的福地，便注册了商标"胜利泰升"。第二年又成立了东营市泰欣农林发展有限公司。泰升农场的固定职工达60余人，农忙时节人数达100余人，管理人员8人，外聘技术人员3人，其中有山东省果树研究所张安宁副所长（山东省桃体系首席专家），全国劳模高级农艺师李文燕为技术顾问。解决了当地部分农民的就业问题。

尚文顺很痴迷于果树种植，自从接触上林果，越干越感觉林果行业学问多多，趣味多多。弄明白一个问题，就会发现它的上游下游都有问题需要学习。有时在公司里等人，或者是公司开会前的一小段时间，他都是到地里干着活等，一旦他进入果树园，剪枝、给果树整形等，无论做啥都很专注，常常处于忘我的状态，都是有人前来喊他，他才发现自己又忘了之前约定的事情。他说，管理一棵树如同医治一个人，需阴阳结合，辩证统一，上下衔接，如环无端，暗合春生夏长秋收冬藏的养生之法，一旦深陷其中，不能自拔。

他一生的计划是干好一件事，就是把果树种植弄明白了，种出好的果品服务于社会。他很早就懂得要想种出优质的果品，最重要的是空气和水，胜坨镇距离黄河十几里地，环境好，附近方圆15公里没有任何的化工厂，空气好，土壤没有污染，地下水是黄河水，水资源充足。如此得天独厚的条件，他有信心种出优质的果品。

带着身边人富了才算真富

他最初承包土地 2000 亩，并用 1000 亩种植果树，有两方面的打算，一是他喜欢种植果树，他的梦想就是有能力一定要做自己喜欢的事情，二是想带着他身边的人一起富起来。

搬迁后，尚文顺看到村民们并没有想象中的幸福，他们无不为接下来的生活犯愁。年轻人包括 50 岁以下的村民都出去打工赚钱，可是他们文化水平低、没有任何技能，打工也都是干最苦最累的活，挣不了多少钱，还抛家舍业的。出不去的多是 70 岁以上的男人和 60 岁以上的女人。为了带动搬迁后的老百姓致富，吸引外出打工者返回家乡，他除了召集他们加入到种植果园的队伍里，还把承包的一部分田地都种好玉米、小麦和大豆等农作物，邀请他们管理土地，并按销售额的 5% 给他们提成。搬迁后的村民们在尚文顺的带动下，过着安居乐业的幸福生活，骑电动车 5 分钟就可以上下班，有更多的时间可以照顾家里的老人和儿童。

开始尚文顺只是凭着对果树种植的热爱，不知道农业投资如此高，原以为总共投资 500 万到 1000 万就足够，想象着投资应该很快能收回，好比种玉米春天播种秋天就可以收获，种小麦头一年种下，第二年就可以收获。想不到见效如此慢，尤其是果树，有"桃 3 杏 4 梨 5 年"的说法，意思是种桃树，要在 3 年后桃树上才能看见寥寥无几的桃子，这就算开始结果了，以后树上结的桃子逐年增多。同理杏树需要 4 年才开始结果。所以种果树一般至少 5 年，才有收获。这期间每年的土地承包费、人工费、农药化肥等管理费用都很高，其中疏花、疏果、树的整形、冬剪、夏剪、套袋、摘果等过程，都需要人工操作，没有办法机械化是管理成本高的重要原因之一。果园平时有 60 多名固定工人，忙时需要增加上百人的临时工，每年付土地费、人工费达 300 多万。

源源不断的投入就像一个无底洞，大大地超出了他的投资预期。如果能够风调雨顺自给自足，正常循环，就可以陆续收回投资，如果有天灾人祸，就没有后续资金了。但是天有不测风云，受 2018 年的台风温比亚和 2019 年的台风利马奇的影响，造成严重损失累计达 300 万元。朋友一度劝他别干了，风险太大，见效太漫长，然而尚文顺认为，坚持不一定成功，但是放弃一定失败，不忘初心，方得始终。截至 2018 年 12 月 31 日他已累计投资 2100 多万元。他的果园 1000 多亩，已经成为东营市最大的果园。

他说："一辈子能做自己喜欢的工作，是幸运的。我是幸运的！今后余生就是种好林果！"

他经营的泰升农场长期坚持科学种田，走绿色生态环保路线，杜绝污染，真正做到绿色无公害。2017 年先后荣获第四批东营市市级现代农业园区、2017 年省级经济林标准化园区等殊荣。同年经过严格的评审和检验，荣获"齐鲁放心果品"省级奖牌和证书（这也是垦利区迄今为止首家被省林业厅命名的"齐鲁放心果品"品牌）。2017 年他联合垦利区林果种植大户成立了东营市垦利区林果种植协会，被选举为第一任会长。

尚文顺给我们扳着指头算了几笔账："我们农场用工基本保持在 100 多人，他们有三块收入，一块是土地承包费，一块是他们的工资（平均男劳力每天 120—130 元、女劳力每天 90—100 元），一块是每人承包一小块土地，他们负责管理，销售收入的 5% 归他们，这算是效益工资吧。之前搬迁后的村民们希望每年能有 3 万元的收入，就能心满意足。现在我已经帮助大家实现了这一目标，但还不够。我特别崇拜华为老总任正非的为人处世之道，企业有了利润，要让员工多拿钱。我心里的目标是只要农场有收益，争取让村民的年收入达到 5 万元。等有条件了，我还要力所能及地投一部分钱做慈善事业。"

第十六章　保障：阳光下的民心工程

黄河滩区扶贫迁建，是一场输不起的"攻坚战"，更是一场不能输的"保卫战"，让黄河滩区人民安居脱贫，体现党的理想信念宗旨和路线方针政策，是习近平总书记情之所系、心之所惦，是党对人民的庄严承诺。必须办成廉洁工程、阳光工程、放心工程、暖心工程、民心工程。必须一步一个脚印，一环扣一环。

在两年多的采访中，我们了解到，为保障黄河滩区迁建工作顺利进行，确保迁建过程中的公平化、透明化，各级纪委不断加强自身执纪职能，聚焦迁建领域，加强教育与宣传，积极加强巡视巡查监督；再者，采取不打招呼、直击现场的方式，深入到迁建群众的家中，以真心换真心，认真听取他们反映的情况，是否存在材料上弄虚作假，是否与实际情况相一致，是否程序上不作为，以高度负责的工作态度审查相关材料，为迁建工作"保驾护航"。

各级纪检监察部门以黄河滩区迁建的要求为尺子，瞪大眼睛、拉长耳朵，重点查处贯彻中央和省脱贫迁建工作决策部署不坚决不到位，弄虚作假、阳奉阴违的行为。坚决纠正以形式主义、官僚主义对待扶贫迁建工作、做表面文章的问题，树立起实事求是、求真务实的鲜明导向。严肃查处贪污挪用、截留私分，优亲厚友、虚报冒领，雁过拔毛、强占掠夺问题，对胆敢向扶贫迁建资金财物"动奶酪"的严惩不贷。定期梳理汇总信访举报问题，建立问题线索移送查处机制，问题突出、反映集中的要督查督办。对搞数字脱贫迁建、虚假脱贫迁建的，对扶贫迁建工作不务实不扎实、脱贫结果不真实、发现问题不整改的严肃问责。

把标尺举在头顶，把规矩定在前面

2018 年 7 月至 10 月，山东省审计厅组织对全省 9 个市 2018 年落实黄河滩区居民迁建和"十三五"易地扶贫搬迁政策措施情况进行专项审计调查，发现和揭示了迁建政策落实不到位、进度缓慢、资金管理不规范等问题。

为推动审计调查发现问题整改见底到位，山东省政府办公厅印发方案，要求各市和省直有关部门对黄河滩区居民迁建和易地扶贫搬迁政策落实情况审计调查发现的问题进行整改落实。坚持问题导向、立行立改，对照审计调查发现的问题，细化分解整改任务，逐项压实整改责任，探索建立配合联动、跟踪督办、沟通会商、督促推动等工作机制，推动上下左右联动整改。

把标尺举在头顶，把规矩定在前面。《山东省黄河滩区居民迁建项目和资金管理暂行办法》第六章是"监督检查"，其中规定：

滩区迁建项目实行定期调度制度，项目市、县应当于每月 5 日前向省专项小组办公室报送上月投资计划和资金预算执行、项目进展、进度等情况。各级监察机关和财政、审计部门要加强监督检查，严肃查处虚报冒领、截留挪用等违规违法行为，确保廉洁迁建，使滩区迁建成为"阳光工程"。省专项小组另行组织制定工作绩效评价办法，省专项小组办公室要切实加强滩区居民迁建工作的调度监管、成效评估、督查督办，及时向省委、省政府报告工作进展，按季度向相关市、县人民政府通报工作进展情况。

项目验收也做了严格规定，由省市级住房和城乡建设部门会同发展改革、财政、水利、规划等部门具体组织验收。落实到具体的验收单位。合格后，要按程序尽快交付使用，验收牵头单位应于验收完成后 10 个工作日内，将验收详细材料报市推进黄河滩区迁建工作牵头部门存档，市牵头部门于 10 个工作日内将主要材料报省专项小组办公室备案。省专项小组办公室将适时组织重点抽查。

沟通渠道畅通，答疑准确到位

有人说，世上的河流千万条，最好的河流是交流。因为没有交流，导致干群关系隔着一堵墙，在黄河滩区迁建这场战役中，各级政府充分利用交流平台，在交流中增进了理解、谅解，让矛盾得到化解，让积案得到和解，让压力得到分解。

我们还是用事实说话吧。

人民网的"地方领导留言板"2018 年 7 月 24 日，9 点 54 分，发布了网友的帖子《山东梁山黄河滩区扶贫迁建工程试验村》，帖子是给山东省省长龚正的。全文如下：

尊敬的龚正省长，你好！

我是山东梁山县小路口镇东雷庄村村民，有个问题一直不明白，我村村民都在积极响应党的号召，很高兴能够迁建，脱贫致富！但是现在遇到了很大的问题：从规划到现在我们交钱，这期间乡政府一直没有公示任何相关的征地、搬迁、补助等相关政策文件。我们村是黄河滩区迁建试验村，建的是四层居民楼！规定的每人 40 平方米，现在每平方米要缴纳 1150 元，超出的每平方米 1600 元。请问省长，每人 40 平方米需缴纳 1150 元是黄河滩区迁建的政策吗？每家每户在村自建的房屋、土方补偿，难以填补迁建等费用！现在乡政府要求我们缴纳高额的相关迁建费用！2018 年 7 月 23 日在政府工作人员强压之下，老百姓到处借钱，到处筹款，掏光了家里所有的积蓄！乡政府声明，谁先交钱谁先选房！就算搬进新家，也会导致老百姓更贫困！迁建是好事，老百姓感谢党，感谢政府！请问省长，这是政府要我们脱贫，还是要我们更贫困呢？

2018 年 8 月 30 日 15 点 06 分，省有关部门在经过认真调查后，进行了回应。

尊敬的网友：

您好！您反映的问题，梁山县小路口镇人民政府进行了调查核实，现回复如下：

2016 年 5 月，山东省人民政府根据《山东省黄河滩区治理工程总体方案》，东雷庄村作为迁建二期的试点村。迁建选址征用了小路口镇梁庙村、花李村的共 56.96 亩土地，此征地有关事项在被征地村已进行了公示。此次迁建未征用东雷庄村的土地，故不存在公示一事。

2018 年 7 月 17 日，小路口镇党委政府安排机关工作人员对东雷庄村开展了入户走访，就有关迁建政策、选房细节及选房所交房款等关系群众切身利益的相关事项进行了详细讲解和答疑解惑。7 月 18 日，东雷庄村村"两委"干部又在本村村务公开栏对《小路口镇黄河滩区居民迁建二期试点工程分房方案》、农户的各项补贴进行了张榜公示，公示期为 5 天。

根据《山东省黄河滩区居民迁建二期试点工程实施方案》，并依据建设内容和相关建设标准，参照库区、湖区水利移民避险解困项目的标准，确定被安置户的人均安置房为 40 平方米，每平方米按成本均价

1150 元进行购买，超过 40 平方米的部分，按照每平方米 1600 元的价格进行购买。被安置户所有的人口安置补贴（中央、省补助和土地增减挂钩资金）加上宅基、土方及奖励资金同安置房房款相抵，多退少补。故有的村民会有剩余款项，但也有部分村民需要补交差价款。

根据安置方案，被安置户有两种选择方式：可以选择安置房进行安置，也可以选择货币补偿，完全尊重个人意愿。2018 年 7 月 23 日，东雷庄村村民在"谁先交钱谁先选房"等相关政策的鼓励下，在本村村委会大院内自行排队交钱选房。整个选房过程公开透明，小路口镇政府对整个选房过程进行了全程录像。

如您还有疑问，欢迎到小路口镇人民政府咨询解惑，祝您生活愉快！

我们看到得到的评价是：很满意。其解决程度、办理态度、办理速度，都是 5 分。

不藏着，不掖着，有一说一，有二说二，积极回应。这是老百姓最愿意看到的。通过这一个小小的实践，我们看到政府职能确实在悄悄改变。

第十七章　脱贫迁建是肌体，金融是血脉

山东省自 2017 年全面启动实施的滩区迁建，规划总投资 260.06 亿元，按照"各级政府补一块、土地置换增一块、专项债券筹一块、金融机构贷一块、迁建群众拿一块"的思路多渠道筹集资金，其中争取中央补助资金 60 亿元，省财政筹集 90 亿元，土地增减挂钩收益 70 亿元，群众自筹 28 亿元，济南市筹集 12 亿元。

省以上资金补助标准是这样的：一是外迁建房，人均补助 3.49 万元。二是新建村台，省按核定总投资的 75% 予以补助。三是新建村台安置社区，人均补助 3.49 万元。四是长平滩区护城堤 24 亿元，省补 12 亿元，济南市筹集 12 亿元。五是旧村台提升和临时撤离道路全部由省级资金承担。

扶贫迁建是肌体，金融是血脉。国开行、农发行山东省分行累计向迁建县区投放贷款 9.23 亿元，农发行山东省分行与发改委签订战略合作协议，5 年授信 3000 亿元支持乡村振兴和滩区迁建，并建立了重大项目储备库。

国开行选择了东平

2017 年 12 月 25 日，东平县黄河滩区脱贫与迁建民生工程获得国家开发银

行山东省分行4亿元的政策性低息贷款，期限15年，其中建设期3年。该县成为省开行第一家在县级设立的开发性金融精准扶贫示范点。

2017年9月11日，泰安市政府《关于东平县黄河滩区脱贫与迁建民生工程实施方案的批复》明确东平县迁建工程涉及银山镇、斑鸠店镇、戴庙镇、旧县乡4个乡镇25个行政村，安置群众总计6604户20602人，总规划用地1117.05亩，总建筑面积795296平方米，总投资14亿元，其中中央及省级财政性资金7.2亿元，群众自筹2亿元，剩余4.8亿元资金通过土地增减挂钩结余资金等渠道解决。鉴于东平县黄河滩区迁建工程主要采取先建后拆的方式进行，土地增减挂钩结余资金的实现就需要一些时间，对于这一暂时性资金缺口，计划通过融资的方式解决。

融资工作的快速推进，得益于县政府与国开行共同搭建起东平县开发性金融扶贫合作办公室这一合作便捷高效的快速通道。8月16日，东平县委县政府抓住国开行金融扶贫的政策契机，积极促成了开发性金融扶贫合作办公室的正式揭牌。

按照东平县委县政府的工作安排，县财政局、发改局不等不靠，积极主动与国开行对接，多次前往汇报项目进展情况，精心准备项目需要的各项基础材料。2017年12月6日，省国开行领导带领评审处、客户二处的负责人专程来东平县黄河滩区调研，共同研究推进融资工作。之后县财政局、发改局密切配合，及时确定山东浒源水务有限公司作为项目的组织实施主体和投融资主体，一周之内完成了项目打包后的可研报告编写、立项、土地、环评、规划等手续。12月15日至17日，省国开行对东平县黄河滩区脱贫与迁建民生工程融资进行了现场评审。从项目启动到融资获得批准，前后不到20天的时间，开创了国开行项目评审的纪录，这是政治责任、历史责任、感情责任的具体体现，是融情、融智、融资的具体结晶，是带着感情、带着智慧、带着精神助力脱贫攻坚的具体行动。

农商行来了

2019年6月20日早晨，东明县长兴镇高庄村委，带有"东明农商银行"字样的红色遮阳篷，整齐地排列在黄河滩区迁建指挥部的前面，村里的居民早已挤满了每个遮阳篷，有的拿着户口簿、身份证，有的拿着现金，有的拿着宣传折页，很是热闹……原来，这是东明农商银行正在为黄河滩区迁建涉及的村民办理各项金融业务。

黄河滩区迁建进入攻坚阶段，作为服务滩区建设的金融主力军，东明农商银行近200名党员干部员工，顶着烈日，冒着酷暑，奔走在滩区37个服务点，POS机、移动柜员机、智慧柜员机，红马甲、红帐篷、红条幅，在60公里的黄河沿岸构成一道亮丽的"红色风景线"。

"李大爷，您只要提供身份证、户口本、结婚证，就可来申请办理贷款业务，政府补贴的钱再加上农商行给您的贷款，房子的钱就够了。"东明农商银行长兴支行副行长韩冰耐心地对李贵叶解释。

东明农商银行作为地方金融机构，根据滩区建设的部署要求，与滩区驻地政府积极对接，就滩区迁建金融服务工作进行探讨，在考虑每个村台自然环境、人口分布、乡情民俗等因素的基础上，制定了涵盖"宣传发动、人员设置、物资供应、设备配置、产品设计、后勤保障"等详细的滩区迁建金融服务方案，并从机关部室、各支行抽调精干力量100余人，分为资金组织组、信贷支持组、服务联络组，按照"1+1+1"模式，分赴滩区服务一线，把临时服务点搭建在村"两委"或滩区迁建指挥部。截至2019年6月末，该行布设POS机80余台、移动柜员机20余台、智慧柜机6台，办理滩区贷款1200余户6000余万元。

与东明农商行热火朝天地为滩区迁建提供金融服务一样，济南市济阳区也是黄河滩区迁建扶贫地，济阳农商银行同样也加班加点地忙碌着。济阳区仁风镇黄河滩区迁建项目，规划总用地 17.10 公顷，项目总投资 4.5 亿元，计划于 2019 年 7 月底竣工验收。济阳农商银行仁风支行主动对接仁风镇政府及迁建项目组，对该项目的规划、规模、安置、进度和融资渠道等因素进行实地走访，调研迁建家庭的具体情况与资金需求等。协调人民银行、财政局等部门开设资金专户，确保拆迁款及时发放。

既要安居还要乐业。济阳农商银行发挥信贷杠杆作用，助力农家乐、渔家乐、采摘园等黄河滩区特色旅游业发展。截至 6 月末，该行累计走访搬迁群众 1002 户，发放拆迁款 5000 余万元，发放黄河滩区迁建贷款 1000 万元。支持滩区专业合作社 6 个，农家乐 20 个，特色种植大棚 18 座。

作为全省最大的地方金融机构，山东农商银行主动对接省扶贫部门以及各级政府，通过提供金融服务，帮助滩区迁建和脱贫致富。省联社制定实施了《山东省农村商业银行金融助推黄河滩区脱贫迁建工作方案》，从信贷产品、服务模式、支付结算等方面提供全方位金融服务。结合滩区特点和实际资金需求，省联社专门研发"信保扶贫贷""家庭农场贷""大棚贷""乡村旅游贷""产业扶贫贷""项目配套贷"等 14 项信贷产品，形成了多层次、高匹配度的滩区扶贫信贷产品体系。截至 6 月末，山东农商银行系统累计向黄河滩区脱贫迁建提供贷款 5057 户 9.7 亿元，向 77 户滩区涉农企业给予信贷支持 3052 万元，发放财政贴息"富民生产贷"40 户 2080 万元，带动贫困户就业 1000 余人。

黄河滩区建设既是扶贫的重要环节，也是乡村振兴的重要环节。山东农商银行系统加大"农金通"、POS 机、ATM 等电子机具的布放力度，优化网点布局，提高滩区金融服务水平，大力推进新建安置区农村金融服务网络渠道建设。目前，全省农商银行在滩区投放各类电子机具近 2 万台，引导滩区贫困户免费进驻智 e 购商城，打通农产品销路，实现农副产品进城，加快农用物资下乡，让黄河滩区居民共享电商时代的"金融福利"。

农发行盯紧梁山与鄄城

农发行山东省分行积极调研对接，明确滩区迁建金融需求，灵活运用政策，保证滩区迁建顺利进行，及时跟进督导，项目综合效益初步显现。其中探索的"梁山模式"成为一个亮点。

梁山县是济宁市唯一的沿黄县，黄河流经小路口镇、赵堌堆乡、黑虎庙镇3个乡镇，滩区有22个村庄、7328户、21349人。受自然条件的制约，滩区村庄经济发展相对缓慢，基础设施建设普遍落后，群众生活环境和生活质量较差。为从根本上破解滩区发展问题，让滩区群众过上美好幸福生活，农发行山东省分行积极履行社会责任，把支持滩区迁建作为服务乡村振兴的一项重点工作来抓，主动与县委、县政府有关部门沟通联系，全面了解全县滩区迁建情况及金融需求。并组织人员深入到小路口镇、赵堌堆乡、黑虎庙镇3个乡镇，进行实地走访调查。通过调研对接了解到，梁山县委、县政府按照中央和山东省委关于实施黄河滩区迁建工程的部署及要求，拟实施滩区"三区同建"工程项目，涉及滩区19个行政村、6337户、18702人，外迁安置建筑面积875510平方米，项目总投资约28.7亿元。对此，该行积极与滩区迁建管理部门对接，宣传信贷支持政策，协助制定迁建方案，达成信贷支持滩区迁建合作意向。

在达成合作意向的基础上，农发行根据《山东省黄河滩区居民迁建规划》，研究制定了《农发行山东省分行黄河滩区脱贫迁建服务方案》，确定了任务目标，有效支持了项目推进。

针对政府隐性债务清理认定对支持黄河滩区迁建贷款产生较大影响这一问题，农发行积极探索创新，深入研究土地指标政策，通过城乡建设用地增减挂钩指标交易支持滩区迁建项目建设，审批梁山县小路口镇和赵堌堆乡贷款项目

2 个、金额 7.4 亿元，支持搬迁 6945 户，拆旧面积 3638.8 亩，复垦面积 3633.95 亩，可新增城乡建设用地增减挂钩节余指标 2610.89 亩，开辟出支持黄河滩区脱贫迁建新模式。

黄河滩区土地整治完成后，将形成连片 5.6 万亩优质耕地，有利于现代农业示范区建设，县政府已引进华大农业、菱花集团、中华农业、利生面业等农业龙头企业实施滩区开发，农发行正跟踪服务，盯住规模大、效益好产业龙头企业，对符合贷款条件的企业给予大力支持，促进滩区农业增效、农民增收。

项目实施后，农发行实时监督项目进度，及时拨付资金，全力支持梁山县政府依托滩区发展、小城镇和园区建设的功能集聚优势，积极为滩区群众提供更多的就业岗位和创业机会，拓宽增收渠道，初步显现良好的社会及经济效益。

迁建社区按照人均 40 平方米的标准，规划多层和小高层楼房，配套社区服务中心、医护室、老年人日间照料中心、农贸市场、小学、幼儿园和部分商业用房，高标准实施绿化、美化、亮化等基础设施建设，建设自来水厂、污水处理厂和垃圾转运站等公共服务设施，全面打造新型居民社区，方便群众生活，提升生活品质。目前，迁建社区试点工程已全部完成，3 个试点村的 1713 名群众已于 2018 年国庆节期间全部搬迁上楼；整体工程正紧张施工，2020 年 12 月前 2 万多名滩区群众将全部迁入环境优美、设施完善的新社区。

产业兴旺是实现乡村振兴的基石，也是保证滩区可持续发展的前提。农发行协助梁山县政府，按照"一产为主、接二连三"的思路，在滩内规划现代农业示范区，滩外建设家居产业园区，加快滩区一、二、三产融合发展。已有 8 家企业入驻园区，总投资规模超过 15 亿元，其中 4 家企业建成投产，安置 210 余名滩区群众就业，为滩区经济发展培育了新的增长点。

与梁山一样，农发行鄄城县支行全力服务黄河滩区脱贫迁建，审批黄河滩区居民迁建村台安置工程贷款 4.5 亿元。2020 年 4 月 17 日，已经投放首笔贷款 1 亿元，是鄄城县唯一一家支持黄河滩区脱贫迁建的金融机构，彰显了农业政策性银行的政治担当。

农发行鄄城县支行通过调查了解，得知鄄城县黄河滩区居民迁建村台安置工程项目有资金缺口，迅速与企业进行对接。经过论证后，确立的项目位于鄄城县旧城镇，涉及搬迁 22 个自然村，5721 户，17894 人。项目总投资 127144 万元，建设 4 个安置区，复垦增加土地 2972 亩，可结余城乡建设用地增减挂钩指标 1815 亩，预计实现收入 7.26 亿元，扣除投资成本 5.6 亿元后，可实现净收益 1.66 亿元。

在确定项目后，农发行省市行主要领导高度重视，提出要为项目营销提供绿色通道。

由于贷款调查期间正处于新冠肺炎疫情蔓延的特殊时期，农发行鄄城县支行在做好疫情防控的同时，加班加点，调查研究，审查审批，一刻也不敢放松，力争在最短的时间内将流程上报省行。贷款审批后，为了尽快实现投放，市县两级行领导多次到项目指挥部现场协调，督促加快落实贷款条件，并派专人负责联系贷款企业准备资金支付所需材料，一次到位，高效完成，2020 年 4 月 17 日实现首笔贷款顺利发放。

第十八章　大迁建战场上的青春方阵

我们在黄河滩区大迁建现场采访，看到到处都有年轻人奋战的身影。他们在不同岗位上，以相同的激情投身于大迁建的工作中，克服重重困难，自觉向实践学习、自觉拜老百姓为师，成为让党放心、让人民满意的青春方阵。

"纸上得来终觉浅，绝知此事要躬行。"面对滩区迁建这一大工程，你没有经历过，你就不知道其中的艰辛；你没有体会过，你就不知道其中的快乐；你没有沉淀过，你就不知道其中的分量。这群年轻人，在滩区大迁建的"大熔炉"里接受历练，接受考验，这一切都能化作他们生命的一部分，而且是坚实的一部分、闪光的一部分。若干年后，这群年轻人会自豪地对自己的后人说：大迁建，我参与了！

高青县有位参与黄河滩区迁建的年轻人郑建说："我觉得能参与到这么大的工程里来，很幸运，也很自豪，三年的日子没有白过，我竟然还有这么大的能量干这样的事情。虽然付出了汗水，但收获的更多，收获的是自己成长的快乐。我懂得了一个道理，人活着，不能仅仅是为了自己的享乐，为他人带来快乐，自己就快乐。具体说，为滩区人带来快乐，我就快乐。我无悔于我的选择。因为黄河滩区迁建，我们所做的一切，都有了价值。"

年轻的方阵、年轻的心，他们日夜奋战在黄河两岸，默默奉献，默默成长。让我们走近他们……

村支书辞职，她挺起柔弱的肩膀

站在我们面前的许琳琳，略显柔弱，这个85后女子，哪里来的胆量和能量，挑起了全村迁建任务，领着快要散了架的村庄，走上正途？许琳琳说得很直白：我是滩区人，知道滩区人的难，更知道滩区人的犟脾气。

许琳琳生在滩区长在滩区，大学毕业后又嫁到滩区，她和所有祖祖辈辈生活在滩区的女人一样生下来就吃苦，但不怕吃苦。不同的是她受过高等教育。

许琳琳的娘家是孝里镇的徐道口村，如今是嫁到孝里镇郭庄的大学生村官。接受我们采访时，她有些腼腆和羞涩，坐在我们面前的沙发上，上穿白色T恤衫，下着黑色运动裤，两手轻轻地搭在一起，规矩地放在膝盖上，她戴着一副紫色的近视镜，鼻翼两侧有些许浅浅的雀斑，笑眯眯的一脸书生气。

可她说起做搬迁工作的那些日子，委屈得一再抹眼泪，几度哽咽地说不下去。

2018年1月郭庄村党支部换届，选了新一届的党支部成员，书记和两名委员共三人。2月村委换届，许琳琳被选为村主任，她一上任，正好赶上向全体村民收缴迁建的自筹资金，每人1万元。郭庄村整体迁出的工作任务，在2017年就部署好了，入户摸底时，村民也都选了喜欢的户型，只是还没有具体到选哪一个楼哪一套房。

许琳琳想不到，去年就已经定好了的搬迁计划，今年实施起来竟是如此地艰难。在开始收钱之前，村支书突然辞职了。"听到消息，我简直是蒙了。"许琳琳说。

更让她想不到的还在后头，接着一个支部委员也辞职了。收钱的过程中，另一名支部委员也辞职了，许琳琳眼睁睁地看着郭庄村支部解了体。

郭庄村只剩下许琳琳和另外两个村委，而且这两个村委和她一样都是第一次担任村委职务。他们没有经历过"大事儿",没有工作经验。

郭庄村隶属孝里镇下巴办事处,办事处的耿书记,找到许琳琳,要求她在没有村支部的情况下,全面主持郭庄的工作。当时她压力很大,不敢接这项工作,自己此时还不是党员,嫁到郭庄时间不长,不太了解村里的情况,也没有工作经验,担心自己不能胜任这项工作。

但是耿书记说,她是区人大代表,不能辜负人们的期望,在困难面前要经得住考验。

她犹豫了,夜里都睡不着觉。担心自己不管,郭庄会错过这次千载难逢的搬出滩区的机会,这么实惠的搬迁政策可是政府给的,郭庄村一旦因为任何原因被落下了,可能以后再也没有机会搬出滩区了,如果那样,全村的人就得后悔几辈子。她认为自己有责任有义务来承担这项工作。

许琳琳之前了解到孝里镇广里村和广里店村两个村的情况,明明是政府出钱帮着搬出的好机会,就是因为村里的工作没有做好,有些村民受个别人蛊惑没有主见,结果多数人不同意迁出,同意人数没有超过90%,现在两个村已经放弃搬迁。可这两个村是大村,广里村3000多人,广里店村1000多人,都留在滩区内,人多也能连成片,虽然说经济一定赶不上滩区外发展快,对以后生活的影响还不会太大。"我听说那两个村的村民想通了以后很多人都已经后悔了。又都想搬出来,可是一切都晚了,楼房早已按同意搬出的村子规划好了。这么好的机遇丧失了。"许琳琳说。

下巴办事处管辖区9个村,都是连在一起的小村。许琳琳所在的郭庄仅112户468人;如果其他8个村都搬出去了,郭庄村没有搬出去,孤零零地留在滩区里,道路、水电以及其他公共设施,都会成问题,她无法想象后果会怎样。"我睡不着就想,我当了大学生村官,弄不好这事儿,会一辈子自责的,也许下去几辈子都会被人骂。"

为了整个郭庄村能成功地搬出滩区,让村民过上向往的好日子,许琳琳豁出去了！她为自己打完气，再给另外俩村委打气。

第一项工作是挨家挨户做思想工作。白天村民们都在地里干活，她和其他两名村委只能选择晚上 8 点以后分别入户，向村民解释政策，通过反复交流做通他们的工作。

离开村民家，再返回大队办公室，交流总结当天的工作情况，有哪些户同意交钱，哪些户不同意，为什么不同意，找出解决问题的办法，再计划明天入哪些户。每天忙完，拖着疲惫的身子回家都得 12 点以后。

许琳琳的女儿才 2 岁，她接任村主任之前，曾经担任村妇女主任和村会计，那时工作忙，差不多晚上 10 点多能回家，他们一家三口一直和婆婆同住，女儿白天由奶奶看着，晚上她回家，即使女儿睡了了，她也会把女儿抱过来跟她睡，让婆婆睡个好觉。婆婆年龄大了，看一天孩子很辛苦。可是现在每晚都忙到 12 点以后，孩子只能全交给婆婆带了，她既心疼婆婆，又愧对女儿。

她说自己是经历过生死的人，特别珍惜亲情，无论是对婆婆对丈夫还是对女儿，都想尽最大可能地多陪伴。

她 2007 年毕业于山东广播大学外语系的英语教育专业。2008 年在孝里镇代课，2009 年在长清代课，代课期间不幸患了再生障碍性贫血，随后因贫血下了好几次病危通知书，父母强装笑颜，从不在她面前说病情，可她隐约感觉到病情的严重性。每一天清晨醒来，她都会在心里对自己说，哦，我还活着。每一个晚上入睡时，她不知道明天是否会醒来。在她生命的最低谷里，暗恋许琳琳多年的初中同学郭永忠向她表白了爱慕之情，并承诺要娶她。许琳琳理智地拒绝了，尽管她很感动也很喜欢他。可郭永忠一直坚持，后来许母郑重地和郭永忠谈了许琳琳的病情，医生说她目前不适合结婚，就是现在病情有所好转，也不能生孩子。而郭永忠始终坚持，2011 年他们结婚了，婆婆也把许琳琳当亲女儿一样疼爱，在爱的呵护下，许琳琳身体越来越好。

2015 年她怀孕了，去医院检查时，医生劝她尽量不要生，无论是怀孕期间还是生产的时候，出点小状况就有生命危险。丈夫听医生的话，不同意她冒险生孩子。婆婆也说，不能让你冒着生命危险生孩子，还是打掉吧。丈夫是独子，她懂婆婆心里是多么渴望有个孩子。而此刻肚子里的孩子是上天赐给她的礼物，是一个鲜活的生命，她没有权利为了自己的安危，剥夺孩子的生命。

十月怀胎，她比一个健康的孕妇付出了更多的艰辛和痛苦，并随时有生命危险，当她在输完血小板后，剖腹产下了健康女儿的那一瞬间，她喜极而泣。看着襁褓中的女儿，那一刻她是世界上最幸福的母亲，她要时刻守护着女儿，她要把一生全部的爱给女儿。

随着女儿的成长，她的身体也渐渐恢复了健康，但她不愿向任何人提及患病的那一段经历。

她硬着头皮，挨家挨户敲门，人家不开门，就等着。思想工作，一家一家做。有的做通了，有的呢，勉强做通了。

第二项任务是收钱，她有思想准备在收钱的过程中会挨骂，如果收钱没有那么难，书记也不会辞职。但她相信只要大家明白她是为了全村好，早晚会理解她的。

那段时间，许琳琳心无旁骛地做与搬迁有关的工作，无暇顾及其他工作。许琳琳和工作人员在大队办公室收钱，有些村民就站在大队门口骂，谁交钱就骂谁，这是交钱，急啥？急着抢爹吗？听到这么难听的骂声，有些想交钱的也不敢交了。

许琳琳在协助收钱，有人指着她骂，一个女人究竟想干啥，还想当武则天一手遮天吗？可惜你有当皇帝的想法，没有当皇帝的命。尽管她想象会挨骂，可还是想不到他们会骂得那么狠那么难听。

许琳琳伤心至极，她一直认为只要真心为村民们着想，维护村民们的利益，他们都是通情达理的人。曾经村里有个4岁的小女孩因胆管堵塞，没有钱做手术，她用手机轻松筹的应用，帮助筹齐3万元的手术费，小女孩得救了。有些困难家庭申请低保户，她都是亲自帮他们填写各种资料和表格，并联系办理手续。她还帮助村里的残疾人向残联、民政部门申请轮椅等设施。她做这些工作，村民们都看在眼里，所以换届时他们推选她当村委会主任，这也说明他们是信任她的。

一定有什么误会，他们才会如此不冷静。后来许琳琳了解到，各村都有传言，只要整村搬迁成功，就奖励村书记10万，或者奖励一套房子。而此刻郭庄村是她主持工作，大家都认为只要全村交完钱，她就会得到10万元钱，或者是一套房子。

找到了原因，许琳琳开始挨家挨户地登门解释，这次整村搬出滩区项目是从中央到地方的精准扶贫项目，一户一套资料要送中央去批示。总共多少人数，每人补贴多少钱，都是有数的，搬迁完成后还会审计检查。孝里镇有41个村列入搬迁项目，如果一个书记能奖励10万元，这钱谁出？从哪里出？每人40平方米的指标也是都核实好的，没有一套多余的房子，怎么可能奖励书记一套房啊！

谣言澄清了，趁热打铁，村委会开始第二轮的入户做工作。

他们把村民按年龄分成青年、中年、老年三类家庭。分析他们各自关注的问题是什么，青年家庭最关注孩子的教育，中年家庭最关注眼下的生活质量，老年家庭关心搬出去能否住得起。分析透了，再有针对性地做工作。

入户青年人家庭做工作，许琳琳会和他们聊孩子的上学问题，她讲述代课时的亲身经历，特别有说服力。她说："农村孩子和城里孩子的差距大，不是孩子本身的差距，而是教育的差距，就说英语老师吧，我在村里和镇上的学校都代过课，在镇上学校上课，一个英语老师只教一个年级的英语课，就可以把备课精力用在课堂上，寓教于乐，提高孩子的学习兴趣，孩子学得快记得牢，老师也轻松。而村里的学校师资缺乏，一个英语老师教3个年级的英语课，备课都备不过来，哪有精力再去搞智趣教学丰富课堂啊，总是干巴巴地上课，孩子们会对学习失去兴趣，学习成绩明显不如城里的孩子好，家里经济条件又不行，让咱们的孩子将来怎么和城市里的孩子竞争啊，咱们能眼看着孩子长大以后还过咱们的生活吗？如果别的村都搬出去了，只剩下咱村，可能学校都开不起来，孩子们还不知道去哪里上学呢！就是每天接送孩子也是很大的困难。接送距离远，好天气还行，再赶上下雨下雪的，怎么办？可如果搬到城里去，咱们的孩子就和城里的孩子上一样的学校受一样的教育。"说到这个程度，青年人的家庭很少还有不同意搬迁的。

入户中年家庭做工作，先和他们聊生活的苦，一辈子要盖好几次房，总是攒不下钱，往往能引起他们的共鸣。再聊现在政府帮咱们搬出去，得抓住这个机会，搬出去过城里人的生活。最后再说孩子长大了，结婚盖房子，是个难事，孩子不愿意住在滩区的村里，咱得去城里给孩子买房子，城里的一套房子多少钱，咱买不起。现在政府帮咱们盖房，这么优惠的政策，咱们不同意搬出去，是不是没有道理呀？中年人听了这番话也觉得不搬是没有道理的。

入户老年家庭做工作，老年人会担心搬出去生活是否有保障，在村里住，拾点柴就能做顿饭，不用电钱不用煤气钱。搬出去住楼，尿泡尿都得花钱，得用水冲呀，担心住不起。听老人们这样说，许琳琳会耐心地开导他们，爷爷奶奶们一辈子也没有住过楼，都这么大年纪了，也该体验一下住楼的滋味，咱搬出去，土地流转出去，可还是咱集体的土地，收益还归咱们个人，土地的补偿金再加上每月的养老金，住楼钱也能够花的。咱们每人出一万元，政府就能帮着咱们住上楼房。城里的楼房边上就有大超市，买菜买东西随时可以去买，多方便哪，不用等赶集，走那么远的路去买。城里的楼房距离医院也近，看个病买点药都比住在村里方便多了。老人们听了琢磨着也有道理。

"唉！总算是忙完了。"许琳琳如释重负地说，"按照计划，郭庄村2020年6月就可以搬进新楼房了。"

今天说起那一幕幕，许琳琳几次落泪，此刻的泪水有委屈，但更多的是欣慰。我们默默地把纸巾递到她手里。她说，之前上级领导进村检查指导工作，她一早出门时，都会和婆婆打招呼，今天哪个老师来了，她可能得加班晚回来一些，她习惯称呼领导为老师。婆婆总是笑眯眯地回答，放心去吧。

她现在忙起来，只要是回家晚了，女儿就会仰着小脸问："妈妈，是不是你老师又来了？"说完，她幸福地笑起来。

非常 4+1

滨州市滨城区黄河滩区迁建，集中在市中办事处，市中办事处于 2019 年 2 月中旬临时成立滩区迁建办公室。

31 岁的迁建办主任孙天乐，领着 4 个 85 后。分别是：1993 年出生的张凯、1986 年出生的魏倩和单美丽、1991 年出生的宋雪娇。正可谓是"非常 4+1"青春方阵。

见到孙天乐，他乐呵呵地笑着，一脸憨厚，像个不谙世事的大男孩，但人特别聪明，工作经验丰富。他 2012 年 6 月毕业于山东科技大学金融学专业，在校就是班长和学院团支书的助理。当年 7 月考取了省委组织部的选调生，分配到滨城区市东办事处，任郭集社区主任。2016 年 12 月从市东办事处调往市中办事处，任统战委员，2019 年 2 月担任迁建办公室主任，带领临时从各个岗位抽调的另外 4 名 85 后工作人员投入到搬迁工作中。

从方案制订、数据测试、复核，到挨家挨户政策解释，核对户口、核对人数，了解户与户之间的关系，摸清可能存在的问题。孙天乐全程参与了每一个流程的每一个步骤。

为了更有效地开展工作，孙天乐配合评估等相关部门为每家不同的院落绘制了院落图，把各种资料整理成电子版，经各级领导研究，按 2017 年 5 月 31 日这一时点的在户人数制订各分房方案。

确定时间节点后，仅是确定随迁人员的标准，就用了两个通宵。办事处书记组织开会讨论，大家在会上争论得脸红脖子粗。比如2017年5月31日之前已经结婚的，男方户口在村居，没有转进来户口，也没有工作的女方，可以算随迁人口。那有工作的女方算不算随迁人口？2017年5月31日之前已经结婚的，女方户口在村居，男方已经转出去的、在外面有工作的，算不算随迁人口？什么样的工作算随迁人口？什么样的工作不算随迁人口？是不是男女平等对待……讨论中大家畅所欲言，这次搬迁，是政府的精准扶贫工程，各项搬迁政策和方案制订都必须符合精准扶贫的要求。只要不符合精准扶贫条件要求的，无论是谁都无权享受政策的优惠。

经过两天两夜的激烈讨论，大家终于达成了共识：无论是男方还是女方，只要其是公职人员，就不能算随迁人口；一方名下在外有房产的无论有无工作都不能算随迁人口；等等。

方案和时间节点一经确定，孙天乐他们及时和派出所核对之前在户的人数，还特意收缴了户口本，统一管理，以防节外生枝。当然村民有各种需要提供户口本的事情，可以凭村委开的介绍信来借户口本，使用完毕后立刻归还。

他们根据政策，认真地计算每家每户的指标，列出各种方案，耐心地和村民们交流，告知村民有几种可以选择的方案，他们认为最好的方案是哪一个，提出建议，最后让村民们自由选择。

张凯毕业于青岛大学，原在私企做软件工作，2018年8月9日通过考试，成为社会工作者，在区工会工作。他有些腼腆，但给我们的感觉是特别阳光也特别踏实，待人热情，说话和气。

魏倩原在市南社区计生委工作，是个能说会道的女子，性格泼辣，干活麻利。

单美丽原在人大办公室工作，性格温柔，说话慢声细语，微笑时腮上一对深深的酒窝让她的笑容特别甜美。

宋雪娇原任文汇社区党总支副书记，戴一副眼镜，说话直来直去，看似大咧咧的性格，情感却特别细腻，是可以为一句话流泪，也可以为一句话笑的女子。

2019年7月18日的下午，我们在迁建办公室见到了这几位可爱的年轻人，他们都是因为迁建工作而凝聚成一个整体，成为一个战斗的集体。

张凯在整理分装在多个档案盒里的户口本原件，不时地有村民拿着村委盖章的介绍信来取走户口本和交回户口本。

宋雪娇一早就下村核实冷库数量去了，一进门就坐在办公椅子上一边拍打腿，一边抱怨说："真是让蚊子吃了！现在的蚊子怎么这么厉害呀！"说完才发现正在采访的我们，忙笑着和我们打招呼。

魏倩在电脑上整理迁建测试表，内容翔实的测算表正是爱钻研爱学习的孙天乐设计的。院落号、房位号、档案号、姓名、上报户籍人口、户数、门牌号、房产局测算的院落面积、院内建筑面积、安置指标、随迁人员的姓名、户籍人口安置房套数和剩余建筑面积购房套数都是按面积分栏列示，备注一栏还注明了各种关系、可能出现的状况和村民的要求等等。各个居委会的各种复杂情形和各项指标，应有尽有，看起来一目了然。无论是局外人还是哪户村民想来查一下情况，一看就明白。

一个漂亮的年轻女人来咨询她家的情况，魏倩很快在电脑的测算表里找到她家对应的那一行，和她解释政策和分房的具体办法，女人一看就明白家里能分到几套多大的房子，但还是询问有无可能多要一套房子。

这期间有一个老汉来借户口本，张凯查了一下登记表，很快从若干的档案盒里找出老汉的户口本。查看登记表时，张凯发现老汉的大儿子户口本还没有交上来，就让老汉捎话给儿子尽快交户口本。张凯耐心地解释交户口本的重要性，户口本是分房的依据，没有就会耽误分房。老汉年龄太大了，反应有些迟钝，似懂非懂，木讷地答应着，转身离开了。

年轻的漂亮女人也离开后，张凯无奈地叹了一口气，问我们："你们能想到吗？老汉有两个儿子，大儿子不知为何没有交户口本，刚出门的女人是老汉的小儿媳妇。"我们惊讶万分，女人和老汉看起来完全是陌生人，陌生到彼此不认识一样。农村的家庭矛盾，真是我们无法想象的。

宋雪娇说："我小时候也是在农村长大的，可是我们家的亲戚们都很团结，从来没有感受过这么冷漠的亲属关系。我们去村里做思想工作，短短的几个月，我见识了一生都不可能遇见的那么多的家庭矛盾，真是千奇百怪，都无法用语言来形容，就是各种各样的奇葩呀。"

魏倩说，他们去村里和村班子成员一起核对户口人数，了解户与户之间的关系，有些是父母子女关系，有些是兄弟姊妹关系，有的家庭和睦，有的形同陌路互不来往。其实村民从心里是愿意搬出去的，只是有些家庭矛盾不好解决，都想为自己争取更多的利益。摸清了矛盾的根源，才能有的放矢。做外迁思想工作，其实就是解决各种家庭矛盾。

单美丽说起过去几个月的经历，一双美丽的大眼睛里依旧闪烁着泪花。

那段时间他们经常加班加点，某天晚上他们加班到凌晨2点半，接着下村入户做思想工作，因为白天村民躲着不见，做思想工作必须得能见到人哪，所以想出其不意地利用夜间入户做工作。敲门后，男村民打开了家门，女主人一看进来3个年轻人，正是白天挨家挨户做搬迁思想工作的迁建办工作人员，有一个还是挺漂亮的年轻女子，女主人接着伸出两只手做出往外撵鸡撵狗一样的动作，冷冷地说："出去！出去！"接着还转身骂自己的丈夫："谁让你开门的？你也不看看，是人不是人你都让进门吗？你也给我滚出去！"单美丽当时就气哭了。

后来她遭遇过多次类似的情形，有时，上一刻她刚刚受了委屈在偷偷抹眼泪，下一刻接着有村民找她询问情况，她只能努力地微笑着，解答问题。毕竟此刻她面前的村民和她刚刚经历的委屈没有一点关系，她没有任何理由不热情相待。在工作中她慢慢地练就了带着眼泪笑的本领。

这项工作很烦琐，也很辛苦。签订协议是迁建工作最为重要的环节，签约现场在露天搭建的棚子里，他们和其他工作组的成员一起在现场提供"保姆式服务"，村民想签约，只要拿着证件来就可以签约，跑腿的事情全部交给工作人员来做。

2 月里的天气还没有转暖，他们坐在露天棚子里工作，午餐就是在露天吃盒饭，傍晚，腿都冻麻了。由于前期做了大量的准备工作，7 个外迁村，除了人口较多的赵四勿、刘口村，其余 5 个村全部当天完成签订协议的工作。

单美丽回忆着往昔的一幕又一幕，感慨的同时依旧是含着眼泪微笑的表情，搬迁工作即将结束，按照计划新楼的主体 2019 年 10 月就能完工，而他们办公室的成员也即将回到各自原来的工作单位。刚说到此，宋雪娇已经掉泪了，她边抹眼泪边说，这段时间虽然工作辛苦，可大家在一起心情很愉快，真不舍得和大家分开。

写到此，我们打电话给孙天乐核实了几个数字和细节问题，他的声音依旧是激情饱满的，许多问题都装在了他的脑子里，随口就答复了。他说下面这些数字，会一直装在他脑子里：滨州市滨城区在滩区范围内共 25 个村居，涉及建档立卡的贫困户多达 94 户 211 人。其中，旧村台提升改造 18 个村，涉及 3113 户 8793 人，外迁 7 个村，涉及 1664 户 5433 人……

当我们问及办公室其他人员时，他才有些失落地告诉我们，这几天就解散了。

我们眼前立刻浮现出孙天乐忙碌的背影，单美丽微笑时那一对深深的酒窝，还有爱哭爱笑的宋雪娇，腼腆的张凯……

看不见的战线，看得见的眼泪

黄河滩区迁建，我们一路走来，发现一个有意思的现象。如果说大迁建是一个大战役的话，有四个舆论场，一是官方的，一是民间的，一是主流媒体的，一是自媒体的。再具体说就是两条战线，一条是看得见的，面对面的，一条是看不见的，背对背的，网络的。而活跃在看不见的战线上的，大多是年轻人。在看不见的战线上，传播正能量，引导舆论的，也一定是懂网络的年轻人。

在看不见的战线上，给我们印象最深的是济南孝里镇滩区的年轻人。一个是孝里镇宣传办主任牛振勇，一个是宣传办科员周萍萍。

一个一个微信群，众声喧哗。有一阵子，负面信息占了上风。针对迁建微信群成立了反迁建微信群，在群上发布各种不利迁建的言论，鼓动群众拒绝搬迁。

牛振勇意识到问题的严重性，第一时间和宣传办科员周萍萍潜入各群，讲解政策，做思想工作。想不到有人在群里多次骂牛振勇和周萍萍，不但语言恶毒，不堪入耳，甚至对他俩人肉搜索，进行人身攻击和威胁，攻击完就把他俩踢出去。可是他俩不妥协，又换名进群，继续在群里和他们斗争。再次被踢出后依然化名进群，记不清被踢出多少次，但最终牛振勇他们经过不懈的努力，占领了舆论阵地，将党和政府的政策、正面的声音传到群众心中。

接受我们采访时，牛振勇说："我们在群里被骂得太惨了，有的用文字，有的发语音，用农村骂大街的方式骂我们，说我们是走狗、奸细。骂得让一些正义的群友都看不下去了。有个叫王建的小伙子直接在群里与这些骂人的约架，要为我们复仇，还有一个网友私下里给我们提供各种舆情和信息，让党委政府能及时把握动态，掌控大局。"

后来他们成立了官方认证的公众号，在公众号上第一时间发出政府的声音，并邀请孝里镇的各方贤士，献计献策。为了坚持问政于民、问需于民、问计于民，还特别开放了评论和后台留言功能，让大家畅所欲言。

周萍萍提起当时在群里挨骂的事，感慨万分。她想不通，迁建这么千载难逢的机遇，有些村民为什么要那么强烈地抵制。

周萍萍生于 1990 年，烟台大学毕业后，2014 年 10 月考上孝里镇的公务员，在宣传办工作，经常上山下乡，跑滩区也比较多，从镇里到黄河边道路崎岖不平，特别难走。交通不便也是滩区百姓贫穷的主要原因之一。今天她还记得村民们说过的一句谚语：孝里洼、孝里洼，旱了收蚂蚱，涝了收蛤蟆。那时的滩区，不是旱就是涝，无论是旱还是涝，粮食都是颗粒无收，滩区居民总是过着朝不保夕的艰难生活，有时甚至是靠扑蚂蚱捉蛤蟆充饥。

周萍萍说，进微信群做思想工作的那几天，感觉比一个世纪还要长。有时晚上都不敢睡觉，一直盯着手机看，就怕群里或者公众号上又出现什么想不到的言论。丈夫顾凡是负责园林工程设计施工的项目经理，看到妻子每天都紧张兮兮地盯着手机，很不理解，他印象里公务员的工作都是很轻松的。他心疼妻子，儿子还不到 2 岁，有时他真想劝她辞职，在家里带孩子算了。可是他懂妻子的追求，只能选择支持她的工作，做她坚强的后盾。

顾凡从外地干工程回来，习惯把车停到周萍萍单位附近，等着接她下班，从不打电话告诉她，自己出差回来了，在等她，怕打扰她工作。他都是等她到了下班的点，才打电话跟她说："我回来了，在车上等你，车停在外面。"

每次周萍萍都心疼顾凡等那么久，为啥不回家歇歇。顾凡总是笑呵呵地说自己刚到，可是周萍萍知道他等了很久，因为驾驶座是放倒的状态。他有个习惯，在超过 1 个小时的等待时间里，他喜欢把驾驶座椅放倒了睡一觉。

有天晚上 9 点多了，周萍萍在微信群里又被骂了，委屈得一个人跑到园博园里的一座桥上哭起来，边哭便给丈夫打电话，感觉脚下的桥都被她哭颤了。在济南东干工程的顾凡接到电话，立刻驾车近两个小时赶回来，安慰妻子。他像哄孩子一样说，不哭不哭，告诉我谁骂你，咱们去打他。今天周萍萍回忆这一幕，幸福地笑了。她说当时也明白丈夫是哄她，也不可能真去打人家，可还是心里好受了许多。

周萍萍说，前段时间，有个在微信群里骂过她的村民，还专门微信她，想请她晚上去喝啤酒吃烤串呢。周萍萍感觉特别欣慰，老百姓终于理解了她，感觉没白付出。

第十九章 黄河作证

著名作家张炜曾在多年前谈到黄河，他说："黄河流了好多年，它把好多秘密都渗透在两岸的泥土中。有两个老头儿，十几岁时流浪到东北去，到了七八十岁的时候，几经周折回到了自己出生的地方。这是个离黄河入海口20多里的村庄。回去的时候，每个人从地里包了一包土走。走的前一天晚上，两个老人搂抱着，在炕上滚动着哭了一夜。我一直到现在也搞不明白，这包泥土里边究竟有什么东西？哲学家好像琢磨得更透一些。"

张炜之问，问到了根上，故土难离，尽管故土给了自己那么多的伤害，但是所有的伤害盖不过黄河给予的家的温暖。

那是如豆的希望的灯光，那是旷野里的温暖的篝火，那是大树的一圈圈年轮，那是渗透到血液里的不可破解的一串串密码。

我们沿着黄河走，像采撷着黄河的浪花一样，采撷着一个个动人的故事……

我们脑海里抹不去的是黑白"全家福"和彩色"全家福"：

过去，村民每家都拍一张全家福，.但是黑白全家福上人的面部多是僵硬的，难见笑脸，隐含着一层略显伤感的含义，就是身边的亲人若被洪水冲走后，看着全家福能有一个念想。而今终于搬到了新村了，村民在新居里，再次拍一张全家福，这一张张彩色全家福，则是开心的笑脸，幸福的姿势。

我们脑海里抹不去的，是大大的千人"全村福"：

2019年大年初一，平阴县玫瑰镇外山村照了一张全村福。

村支书李庆军说，等迁建到新村去，他们还要再照一张"新全村福"。

从黑白"全家福"到彩色"全家福"，从滩区祈福到社区祝福，从"全家福"到"全村福"，幸福来自迁和建，来自改造和提升，来自大家共同的奋斗。以如此大的规模跑出如此快的速度，以如此短的时间实现如此大的变化，这是好多滩区百姓所想不到的。

黄河可以作证。

我们脑海里过电影一样闪回着滩区群众的复杂表情，抹不去的是老百姓发自内心的诉说：

鄄城县李进士堂镇芦井村曾是距离黄河最近的一个村子，该村距黄河最近的一处房子，离黄河只有30多米。芦井村过去并不在黄河沿上，随着几次洪水泛滥，河道不停变动，冲掉了村里的大片耕地，侵蚀了大半个村庄。受黄河河道滚动的影响，村庄也一直在不断地移动。原来这个村有一个东西街，一个南北街。南北街被黄河淹没了后，东西街也淹掉了三分之一。而房子呢，则像被切豆腐一样被切到河里，一会儿工夫，整个村子就"沦陷"了。

2015年10月，芦井村和附近的范门楼村被列为全省滩区迁建一期试点，所有村民都于2017年10月搬到了位于镇驻地的楼房中，过上了远离黄河水患的生活。

可72岁的吴永贤仍时不时回到芦井村溜达着看看，有时候捡回一个树叶，有时候捡回一块砖瓦。他微笑着说："从旧村到新区，感觉就跟做梦一样。我这辈子有两个没想到，一个是能顿顿吃上白面馒头，一个是能搬出滩区，住上楼。"

我们脑海里闪回着"黄河滩区迁建"工作者的感悟：

"黄河滩区里，有的老百姓还真穷啊，如果不身临其境，你就不知道实情。老百姓的期盼是那么急切，那么具体。我突然发现自己参与了迁建工作，3年见证了一个大事件，整天的报表、统计、协调，就不再觉得枯燥，也有了价值。"从农业农村厅抽调到黄河滩区迁建办公室的杨萍萍如是说。

"看到骑着摩托车来看自己新房子的老百姓的期待眼神，就想起进村做工作时，老百姓那不解的恼怒的眼神，两种眼神，是从疑惑到清醒，是从不信任到信任。"高青县发改局农业和社会事业科科长、黄河滩区迁建办的工作人员周文静说，"通过参与滩区迁建，磨了性子，锻炼了能力，特别是学到了一些跟老百姓打交道的技巧。"

长清区孝里街道郭庄村大学生村官许琳琳说："黄河滩区脱贫大迁建不同程度地丰富了我的人生阅历，提升我对社会和自我的认知，帮助我逐步确立了自己的社会角色和人生方向。个人的成长不是个人的私事，而是与周围的世界一起成长。"

而高唐县木李镇黄河滩区迁建办的 80 后小伙子郑建则说："我觉得这 3 年没有虚度，干了件实实在在的事，等我上了年纪，我也有资格跟我的儿孙们说，你看看，这几栋迁建楼是你爸爸、你爷爷参与盖的。"

我们脑海里闪回着那些眼圈发红、身躯疲惫的镇村干部们的身影：

黄河滩区是个大考场，锻炼和考验着干部。迁建村镇党员干部带头发挥先进模范作用、带头做群众思想工作、带头缴纳承诺金、带头参与决策与监督、带头搬迁拆旧宅等，极大地唤醒了广大党员的服务意识，激发了党员干部的责任感和使命感。"这次滩区迁建，都是老百姓最需要迁建的村庄，人们最需要的东西最珍贵，你给他最珍贵的东西，他一定记一辈子。遇到为老百姓真干事、干真事的人，老百姓眼神都变了。我们就是冲着这个温暖的眼神，也要干好！"作为滩区脱贫迁建的主战场，东明县焦园乡党委书记张建国信心满满地说。

陪我们在滩区采访的左营乡党委副书记郝衍智说："当大家齐心协力共同做

好滩区迁建这件事情的时候，一个人的劳累和疲惫也就被集体的温暖所融化。"

我们脑海里，抹不去的还有那种协作精神：

黄河滩区迁建涉及机构改革前的山东省直机关 26 个部门，省发改委牵头，农业厅、文化厅、国土资源厅、海洋与渔业厅、交通厅、经信委、环保厅、教育厅……

工作千头万绪，协调难，但只要为了一个共同目标，什么都能协调成功。

在黄河滩区专项调度会上，各级领导的身影频频出现，从省委书记到省长，再到各级各部门，目的就是紧盯规划目标不动摇，在任务落实上强力突破，进一步倒排工期，细化时间表，实化任务书，具体化施工图，紧盯工程质量不降格，坚持质量第一、安全至上，拿出"绣花功夫"。

在惠民县大年陈镇副镇长弭善福的办公室里，我们领教了什么叫"绣花功夫"。我们看到了厚厚的一本会议记录，我们一页一页地翻阅着，从 2017 年 9 月 4 日在镇政府会议室的会议记录开始，接着就是 9 月 6 日在榆林社区的会议记录、9 月 9 日在郭口社区的会议记录……从会议记录的时间我们感受到会议的密集，而最密集的阶段几乎是每天都有会议，每一次会议记录的内容，都详细到开会时间、地点、参会人员和各种问题。

弭善福说："'绣花功夫'第一位的是耐心，也就是能坐住，坐不住，你就无法绣。耐心是耐什么呢？是耐住烦，一针一针，看似动作不停地在重复，但是每一针都有细微的不同，而这看似重复的动作，时间长了，就让人烦。要不烦，就得找到节奏，有了节奏，心才能稳住。"

我们脑海里抹不去的还有施工人员严谨细致的科学精神：

我们看到筑村台的强夯作业，他们这是在打造"航空母舰"，泥沙自然沉降，需要 8 个月，时间必须保证。但是，即使这样还不符合检方要求。怎么办？施工人员用强夯机（装有重 15 吨的铁块）再夯，强夯机将铁块举到 15 米高，重重落下，一下一下地夯实，夯实，再夯实。我们听到强夯机发出浑厚的响声，地面随之震动。

我们看到设计人员精心设计户型、休闲空间、乡村记忆馆，一村一品、一村一韵。

"想当然害死人，不抓落实是犯罪。""人民利益高于一切，安全责任重于泰山。""向历史承诺，为子孙造福。"类似的标语在各个迁建现场都悬挂在醒目处。

萦绕在我们心头的还有一个疑问，为什么黄河滩区住了那么多年的村庄，一直搬不出，老百姓做梦都盼着早日搬出来，而到了现在一下子就解决了？

很关键的一点是，我们国家富强了，有能力办大事了。新中国成立70年，在人类发展史上不过弹指一挥间。但是，中国人民以70年不舍昼夜的奋斗，成就了波澜壮阔的东方传奇。新中国成立70年来，我们党领导人民创造了世所罕见的经济快速发展奇迹和社会长期稳定奇迹，中华民族迎来了从站起来、富起来到强起来的伟大飞跃。

党的十八大以来，以习近平同志为核心的党中央，提出一系列新理念新思想新战略，出台一系列重大方针政策，推出一系列重大举措，推进一系列重大工作，解决了许多长期想解决而没有解决的难题，办成了许多过去想办而没有办成的大事……而黄河滩区扶贫迁建，就是长期想解决而没有解决的难题，就是过去想办而没有办成的大事。

"时代是出卷人，我们是答卷人，人民是阅卷人。"这是70年来中国共产党人对"为谁执政、靠谁执政"问题的郑重回答。我们通过实地采访，做出如下结论：黄河滩区迁建，是时代答卷的一个试题，党和政府是夙夜在公的答卷人，交给滩区人民的是优秀成绩。

"老百姓从滩区迁出来了，住上楼了，这仅仅是个开始，后续的事情会更多。"济南市长清区孝里街道党委书记孟斌说。孝里街道是山东省黄河滩区迁建人口规模最大的乡镇，外迁安置工程占地1409亩，建设居民住宅楼149栋，安置村庄39个、人口3.1万。"下一步，我们将以更大的干劲、韧劲和后劲，以有效的社会治理、良好的社会秩序，让人民的获得感、幸福感、安全感更加充实、更有保障、更可持续。这可是一篇更大的文章。我们刚刚庆祝了新中国成立70周年，巨大的爱国热情和愈挫愈勇的追梦激情被激发出来，我坚信，在党的坚强领导下，我们一定能克服一切困难，创造更多的人间奇迹。"

凡所过往，皆为序章。站在新起点，瞄准新目标，我们的路正长。我们分明已经听到，新时代的《黄河大合唱》在天地间回荡……

附录：黄河滩区脱贫迁建备忘录

黄河山东段由东明县入境，在东营市垦利区入渤海，河道长 628 公里。滩区总面积 1702 平方公里，涉及 9 个市、26 个县（市、区）。

据不完全统计，自 1950 年至今，山东黄河滩区遭受不同程度的洪水漫滩 20 余次，滩区累计受灾人口 665 万人次，受灾村庄 1.2 万个。

滩区洪涝灾害最严重的 1958 年、1976 年、1982 年和 1996 年，低滩区基本上全部上水，漫上来的洪水，让人愁肠百结。

为保证滩区群众生命财产安全，自 20 世纪 70 年代开始，黄河下游滩区实施安全建设，主要是修建"三台"（避水台、村台和房台）等避水工程，主要以群众自筹为主，国家适当补助，建成的避水工程远远不能满足群众防洪要求。全省黄河滩区共有 711 个村庄，其中 446 个村庄有了避水村台，但是多数村台高度不足、整体抗洪能力低，有 400 个村台台顶高程在黄河 20 年一遇防洪水位以下，其余 265 个村庄 32.44 万人甚至没有避水村台。

1996 年 8 月，花园口洪峰流量 7600 立方米每秒，滩区几乎全部进水，受灾严重。洪水过后，山东省实施了滩区群众第一次大规模外迁，共外迁村庄 167 个，8.9 万人。此次外迁主要由地方政府协调采用换地的形式进行滩区内外土地置换，滩区 1.5—2 亩换堤外 1 亩土地用于移民新村建设，建房补助为户均 3000

元。由于是置换土地，堤外村庄不积极，有的甚至阻挠，不配合，移民新村建设搞得拖拖拉拉，坎坎坷坷。

1998 年以来，随着国力增强，国家对滩区安全建设的投资力度有所加大，先后组织了三次较大规模的滩区群众搬迁安置，累计搬迁村庄 186 个、人口 11.04 万人。搬出来的村民，居住环境跟原来也没有大变化，只是比原来安全了。

2001 年，历时 11 年的小浪底工程的实施，使黄河安澜有了重要保障，为科学开发利用黄河空间创造了有利条件。

"守中原，护齐鲁，一峡横锁苍茫。小浪底应运而生，大黄河安澜在望！"《小浪底赋》中的句子，句句结实，句句不夸张。

但是，工程的效果，还得慢慢释放。

2003 年 9 月，河南兰考滩区防护堤决口，东明县南滩 247 平方公里的土地全部被淹，山东省在灾后实施了第二次外迁。

2004 年国家批准在东明县实施了滩区移民迁建试点，中央投资每户平均补助 1.7 万元共 8028 万元，其余由山东省投资 2000 万元配套解决。本次共外迁村庄 19 个、4722 户，1.5 万人左右，建设新村 6 个。从事后效果来看，此次搬迁是不成功的，由于补助水平低、基础设施不配套，搬迁的群众基本上又回到滩区。

搬出来，又搬回去，几年之内折腾了两回，好多人因搬致贫。有些滩区人，谈"搬"色变。

第三次搬迁是 2004 年，准确说法是亚行贷款村台搬迁。水利部黄河水利委员会从亚行贷款项目中安排山东省东明县和平阴县滩区村台建设项目，主要解决东明县 11 个村和平阴县 12 个村共计 2 万人的滩区就近就地安置问题。其中，国家负担的村台、路桥等投资约 1.1 亿元，村台占地及医院、学校等基础设施由地方各级政府负担，建房投资以群众自筹为主，地方政府给予适当补助。

2013 年国务院批复的《黄河流域综合规划（2012～2030）》，把下游滩区安全建设作为黄河下游治理的重要内容，提出通过实施外迁、就地就近安置和临时撤离等措施，解决滩区群众的防洪安全问题。

2014 年，国家发改委、财政部、水利部等有关部委，初步确定在河南省开展黄河滩区外迁安置试点，试点政策非常优惠，国家发展改革委将补助迁建居民建房投资户均 4 万元、财政部补助 3 万元，河南省也统筹安排省市县三级地方财政资金，每户再补助 4.36 万元，合计各级政府补助建房资金平均每户共计 11.36 万元，极大地减轻了群众负担。

在得知国家将开展滩区外迁试点后，山东省委、省政府高度重视，迅速对接，2014 年 10 月份，省政府向国家发展改革委、财政部、国土资源部、水利部呈报了请示函，恳请国家将山东省纳入黄河滩区居民迁建试点范围，同意山东省与河南省同步实施滩区居民迁建试点工作。

山东省委、省政府主要领导赴国家相关部委开展省部会商，将黄河滩区居民迁建试点作为一项主要会商内容。12 月底，国家发改委办公厅复函省政府，同意山东省"在适当范围内开展黄河滩区居民迁建试点工作"。

2015 年 3 月 26 日，山东省政府向国务院报送了《关于明确山东省黄河滩区居民迁建试点中央补助资金政策的请示》，恳请国家按照"同河同策"原则，给予山东省试点与河南省相同的户均 7 万元中央补助政策，其中国家发展改革委 4 万元、财政部 3 万元，共计申请中央投资 1.12 亿元。经积极争取，国家同意给予山东省首批试点与河南省相同的户均 7 万元中央补助政策，并将滩区迁建试点工程列入国务院重点调度的 172 项重大水利工程范围内。

2015 年 10 月 31 日上午，山东省黄河滩区居民迁建试点工程启动仪式在泰安市东平县耿山口新选村址举行。"新村"安置点确定在银山镇政府驻地，220 国道以东。

2015 到 2016 年，山东开展了两期滩区迁建试点，共外迁安置东平、鄄城、梁山、平阴 4 个县的 4214 户 1.3 万人，建设新社区 9 个，工程总投资 8.5 亿元。国家给予户均 7 万元的中央补助政策，共安排中央补助资金 2.95 亿元，省级给予户均 2.51 万元的财政补助政策，落实配套资金 1.4 亿元，其余投资通过市县财政资金、整合部门项目资金、土地增减挂钩试点收益、群众自筹等渠道解决。

2017 年 10 月 15 日和 25 日，作为首批试点的东平县银山镇耿山口村、鄄城县李进士堂镇芦井村和苏门楼村滩区群众相继喜迁新居，从此圆了"安居梦"。

正是由于有了外迁试点的良好效果，省委、省政府一直积极谋划推动滩区迁建。

2017 年初，为深入落实《山东省"十三五"脱贫攻坚规划》有关要求，切实打赢脱贫攻坚战，按照时任省委副书记龚正同志的指示要求，省发展改革委编制了全省黄河滩区脱贫迁建规划，除了外迁安之外，提出采取就地就近筑村台安置的方式，在东明县、鄄城县、东平县、济南市长清区、平阴县、利津县 6 个县（区）开展滩区迁建，共涉及 8 万户 25 万人。近期目标是，2016—2020 年基本解决东明、鄄城两县 14.02 万滩区居民安居问题。远期为 2021—2025 年，逐步解决其他约 11 万人的搬迁安置。

2017 年 4 月，李克强总理考察山东时提出"要全面实施黄河滩区居民迁建"，山东省相应将规划范围和迁建方式进行了扩展，从 25 万人扩展到所有 60 万滩区群众，从就地就近筑村台单一安置方式扩展到外迁、筑村台、筑堤保护、旧村台和临时撤离道路改造等五种方式。

为科学指导滩区迁建工作，2017 年 5 月上旬，山东省发改委会同省直有关部门迅速启动总体规划编制工作。其间，刘家义书记深入滩区调查研究，主持召开专题座谈会，安排工作任务，为滩区迁建指明了方向；龚正省长多次召开专题会议研究，明确规划的指导思想、总体目标和重点任务，并赴国家部委衔接会商，争取政策和资金支持。省扶贫办、财政厅、水利厅等部门大力支持，协同配合，积极落实筹资渠道和支持政策；省发改委先后十余次赴济南、菏泽等市实地调研，摸清市县和滩区群众需求期盼，五次赴国家发改委、水利部、黄委等部门，汇报山东省实施滩区迁建的思路框架，明确了迁建方式和重点任务；

两轮征求沿黄7市和20个省直有关部门的意见建议，进一步增强规划的针对性；与河南省加强沟通，互访调研，多次共同赴国家部委争取滩区迁建支持政策。

2017年5月6日，山东省委书记刘家义到菏泽市东明县调研黄河滩区脱贫迁建工作，主持召开黄河滩区脱贫迁建工作座谈会，他强调，要深入贯彻落实习近平总书记关于以人民为中心的重要指示精神，科学规划、精心设计好黄河滩区"蓝图"，根据实际情况分类迁建，以对历史和人民负责的精神确保村台、房屋、堤坝、道路质量，发展多种产业促脱贫致富，真正让黄河滩区群众安居乐业。

2017年6月中旬，龚正省长在省第十一次党代会期间召开专题会议，研究审议总体规划并原则通过，6月20日省政府上报国务院。从规划启动到编制完成，用时不到两个月。

7月24日，李克强总理审签同意山东省规划并做出重要批示，8月1日，国家发改委正式印发规划，从上报到获批共历时41天，既成为山东省新旧动能转换重大工程中首个正式获批的单项规划，又标志着山东省黄河滩区脱贫迁建工作取得重大突破。

按照规划，山东省滩区迁建涉及菏泽、济宁、泰安、济南、淄博、滨州、东营7个市17个县区，规划提出用3年时间，通过5种安置方式，全面完成60万滩区群众的迁建任务。

我们仔细研读《山东省黄河滩区居民迁建规划》，感觉这是一份沉甸甸的文件。无论是指导思想、基本原则、主要目标，还是具体措施、配套政策，都实事求是、有的放矢。在充分调研的基础上，它坚持以人民为中心的发展思想，以创新、协调、绿色、开放、共享的发展理念和务实管用的举措，绘就出了一张指引黄河滩区迁建的路线图。

具体说，《规划》既着眼当前，又兼顾长远。坚持科学开发与可持续发展相结合，在确保黄河行洪安全前提下，结合特色小镇、美丽乡村建设，统筹考虑搬迁安置、经济发展、就业创业、生态建设等，培育新的增长点，增强迁建群众的自我发展能力，确保"搬得出、稳得住、逐步能致富"。既突出政府主导，又体现群众自愿。充分发挥各级党委、政府在滩区迁建中的作用，省级加强统筹谋划，市县落实主体责任，着力在规划引导、政策制定、资金保障等方面抓好推进落实。从滩区群众切身利益出发，在迁建模式、安置区选址、任务安排等方面充分听取群众意见建议，尊重群众意愿，保障群众利益。既把握统筹推进节奏，又突出重点、难点，坚持统筹安排与突出特殊区域相结合，省级统筹多渠道建设资金，优化投资结构，尽量减轻地方筹资压力，全省"一盘棋"推进。同时，针对五种迁建方式，优化工程设计，突出工作重点，进度安排、政策倾斜上优先考虑迁建任务重、筹资困难的地区，保障迁建工程顺利实施。

《规划》一个显著特点是，突出问题导向、破解黄河滩区迁建进程中的短板。问题是实践的引导，抓住了主要问题，就找准了工作聚焦点和着力点。

"不谋万世者，不足谋一时；不谋全局者，不足谋一域。"实践证明，高质量的规划，是最大的节约。有了好的规划，才有了未来前景。可以说，凝聚着全省智慧的《规划》吹响了新时代黄河滩区大迁建的冲锋号，发出了滩区居民脱贫安居的动员令。但是从纸上搬到地上，还需要一个艰难的过程。

习近平总书记在郑州主持召开的黄河流域生态保护和高质量发展座谈会上，一语中的："要保持历史耐心和战略定力，以功成不必在我的精神境界和功成必定有我的历史担当，既要谋划长远，又要干在当下，一张蓝图绘到底，一茬接着一茬干，让黄河造福人民。"